JOSETTE WOUTERS

# L'ÉPINGLE DE FANNY



de Borée
TERRE DE POCHE

# I

# Encore

FANNY ENROULA sa longue tresse grise sur elle-même. Puis du bout des doigts, elle vérifia la forme du chignon avant de le contenir d'une main dans la nuque en baissant légèrement la tête. De l'autre, elle attrapa la grosse épingle à cheveux qu'elle tenait dans la bouche, lèvres pincées.

Le bruit de la porte de la cuisine qui s'ouvrait d'un seul coup la fit sursauter. Une petite fille entra comme un tourbillon.

— Où tu vas, Miette ?

— Bonjour grand-mère. Je viens chercher Colette, répondit l'enfant.

— Tu es toute seule ?

— Non, maman arrive. J'ai couru devant.

— Aide-moi à retrouver mon épingle. Tu m'as fait peur, je l'ai fait tomber.

Miette regarda son aïeule. C'était la première fois qu'elle la voyait sans chignon, la tresse grise en déroute sur les épaules.

— Ils sont longs tes cheveux, grand-mère. C'est drôle.

La fillette se mit à quatre pattes pour regarder en dessous du buffet pendant que Fanny soulevait fermement les valises et les paquets qu'elle avait préparés la veille et qui attendaient au milieu de la pièce.

— La voilà, grand-mère. Elle est grande, cette épingle ! J'aimerais bien en avoir une comme ça.

— Pour faire quoi ?

— Pour faire un chignon, tiens ! Comme toi !

— Tu es trop petite. Quand tu seras grande, je te la donnerai si tu portes un chignon, mais ça m'étonnerait. C'est pas la mode pour la jeunesse...

Un léger pleur provenant de l'unique chambre interrompit la vieille femme. Elle eut à peine le temps de réagir, Miette revenait déjà avec une toute petite fille dans les bras.

— Je t'ai dit cent fois de ne pas la porter, elle est presque aussi lourde que toi.

— Mais non, grand-mère, c'est pas vrai. Colette est légère comme une plume.

Fanny regarda attentivement les deux cousines. La plus jeune s'appuyait en confiance contre l'épaule de la plus âgée qui lui embrassait doucement les cheveux. Au début, l'aïeule s'était sentie exclue de leur affection mutuelle. Et puis, mois après mois, elle avait fini par se dire que c'était une chance pour Colette d'avoir une cousine qui l'aimait comme une sœur.

La porte claqua à nouveau.

Antoinette, la mère de Miette, entrait lentement dans la pièce en poussant une voiture d'enfants où elle avait mis ses deux derniers. Fanny ne put s'empêcher de demander :

— Comment tu vas faire pour emmener Colette ?

— Ne t'inquiète pas, maman ! Bonjour, d'abord. Papa n'est pas là ?

— Bonjour ma fille. Non, ton père a un embarquement pour la semaine. On l'a demandé hier au soir. Il est parti ce matin à 6 heures, il revient à la dernière marée.

— Et Maurice ? Il n'est pas là non plus ?

— Non. Son patron regrette, mais il ne peut pas donner congé à ton frère en ce moment…

— Comment tu vas faire pour déménager ?

— Comment je vais faire ? Bah, pour les trois loques que j'ai ! Le plus long, ce sera le coup de balai là-bas en premier, et ici après.

— Tu as des meubles à transporter, quand même !

— Les chaises, les lits, le fauteuil en paille et le buffet ? Avec ma cousine Zabelle, ça ira.

— Quelle idée, ce déménagement, maman ! Pourquoi tu n'attends pas que ta nouvelle maison soit finie ? Ça éviterait du travail inutile.

— Antoinette, ne t'inquiète pas pour moi, répondit Fanny. Fais attention à toi plutôt.

Elle ajouta :

— Quatre enfants en cinq ans, vous vous rendez compte ? Comment vous allez faire ?

— Comme les autres ménages qui en ont quatre, répondit sa fille sans se démonter.

Elle devinait que sa mère, de toute façon, pensait au fond d'elle-même qu'il valait mieux attendre un nouvel enfant qu'en perdre un.

— Tu veux du café ? Il en reste, proposa Fanny.

Antoinette découvrit un peu ses deux derniers enfants qui attendaient sagement dans la poussette. Elle ouvrit son manteau. Le tissu de sa robe était tendu à craquer sur son gros ventre. Fanny ne put s'empêcher de dire :

— J'ai l'impression que depuis que tu es mariée ma fille, je t'ai toujours vue comme ça…

— Et si ça nous fait plaisir, à Maxime et à moi ?

— Ah, sûrement ! Pour en faire autant…

Et tout à coup, sans prévenir, Fanny se mit à rire en songeant au sens de ce qu'elle disait. Elle finit par lâcher :

— Au moins, tout n'est pas perdu ! Si ça peut vous faire plaisir…

Antoinette sourit à son tour. Le café poussé sur le coin de la cuisinière avait bouilli, elle le laissa. Elle n'en supportait pas l'odeur. Elle demanda simplement :

— Elle est prête, Colette ? Tu veux que je te la ramène à quelle heure ?

— J'irai la chercher moi-même, quand j'aurai fini.

La vieille femme mit un épais manteau, un bonnet, des moufles et un énorme cache-nez à sa petite fille Colette.

— Tu vas l'étouffer, maman ! On n'est qu'au début du mois de septembre.

— Oui, mais les enfants prématurés sont toujours plus fragiles.

Antoinette se contenta de lever les yeux au ciel avant de glisser sa nièce sous la couverture avec ses deux derniers. Miette se mit entre sa mère et la poussette pour aider. Elle mit les mains sur la poignée.

— Tu me gênes, mon lapin, dit Antoinette. Mets-toi sur le côté plutôt.

Fanny accompagna l'équipage jusqu'à la porte de la rue sans s'attarder. Elle n'avait pas le temps de chômer.

Elle posa ses deux balais dans l'un des seaux en fer. Dans l'autre, elle versa une bouilloire d'eau chaude pardessus trois cuillerées de savon mou et les serpillières. Elle jeta son gros châle noir sur ses épaules.

Elle marcha à peine une centaine de mètres en direction de la place. Elle s'arrêta devant une maison aux volets fermés. Elle en avait la clé.

Deux pièces en bas, deux pièces en haut et un appentis. Exactement comme le logement qu'elle quittait. Mais là, elle pourrait aussi occuper l'étage. Bon, évidemment, il faudrait payer un loyer maintenant. Tant pis. Il était plus que temps que Maurice, qui était presque un homme à cette heure, ait une chambre à lui. Ce n'était pas convenable de continuer à dormir tous dans la même pièce.

Fanny posa les balais dans la cuisine. Elle ouvrit toutes les fenêtres et elle ressortit prendre de l'eau à la pompette sur le trottoir d'en face. Elle en versa un peu dans le seau à savon pour tiédir le mélange et jusqu'à ras bord dans l'autre, pour le rinçage.

La maison n'était pas sale. Avant midi sonnant, elle avait tout nettoyé : sols, fenêtres et meubles, intérieur et extérieur compris. La propriétaire avait fait le ménage avant de partir vivre chez sa fille à Dunkerque et elle laissait le gros mobilier dont une chambre à coucher à l'étage. C'était une aubaine pour Fanny qui ne voulait rien acheter tant qu'elle n'était pas dans sa vraie nouvelle maison. Celle qu'on lui donnerait comme « dommage » de guerre.

Elle retourna chez elle manger un morceau avant de commencer le déménagement. Sa cousine Zabelle la rejoignit bientôt.

— Ça va nous faire tout drôle, à mon homme et à moi, de nous retrouver seulement à deux dans la maison maintenant.

— En tout cas, Zabelle, je ne saurai jamais te remercier assez pour ce que tu as fait pour nous tous… Nous laisser le bas de ta maison, et pour rien, en plus ! Je n'oublierai jamais…

— Bah, cousine, tu en aurais fait autant pour moi ! Et je t'assure, tu pourrais rester jusqu'au moment d'entrer dans ta vraie nouvelle maison…

— Je sais, Zabelle. Mais je ne supporte plus de vivre les uns sur les autres. Bon, on commence par quoi ?

Elles démontèrent le buffet qui était en bois léger.

Elles firent dix fois le trajet d'une maison à l'autre avec les planches qu'elles tenaient chacune par un bout.

Elles remontèrent le meuble sans problème dans la pièce de gauche, la « belle » salle de la nouvelle habitation. Le plus dur était fait. Les chaises, le lit de Colette, celui de Maurice et le fauteuil de Julien traversèrent la rue, eux aussi. Puis, ensuite, il ne resta que la vaisselle et le linge à transporter.

À 16 heures, Fanny commençait à brosser le sol du logis qu'elle quittait, malgré les protestations de sa cousine qui disait :

— Mais laisse donc ! J'aurai bien le temps de le faire demain ou après-demain. Je ne suis pas pressée de descendre de l'étage de ma maison. J'y ai pris mes habitudes.

— Ça me ferait honte de laisser un carrelage pas lavé, tu sais bien.

Zabelle ne dit plus rien. Elle connaissait sa cousine Fanny depuis si longtemps qu'elle savait qu'il était inutile d'insister.

Fanny terminait quand son fils Maurice arriva. Depuis la fin de la guerre, il avait grandi et pris de l'assurance. À dix-neuf ans, il travaillait comme apprenti-maçon et avec la reconstruction, il ne manquait pas de travail.

— C'est bête, hein, m'man, de ne pas avoir la vraie nouvelle maison maintenant. Toute la rangée de notre rue sera livrée dans le courant de l'année prochaine. Mais je suis bien content de déménager parce que… parce que…

Il tournait sa langue dans sa bouche avec difficulté.

— Qu'est-ce qu'il y a ? demanda sa mère en s'essuyant les mains à son tablier. Ça ne te ressemble pas de chercher tes mots…

— Bon. Ben. Voilà... Je vais me marier. Irène est enceinte. Sa mère l'a mise à la porte et on n'a pas de maison en vue...

Fanny vacilla sur elle-même. Il s'en fallut de peu qu'elle ne tombe par terre. Maurice la maintenait fermement en criant :

— Maman, maman. Zabelle, au secours...

La cousine descendit l'escalier quatre à quatre. Elle remonta chercher une chaise. Fanny s'y laissa tomber en pleurant.

— Vous avez décidé de me faire mourir avant l'heure... Elle a quel âge ta bonne amie ?

— 16 ans...

— Et toi, t'es même pas majeur ! Elle est où ?

— Elle est là, dehors. Je ne savais pas comment t'allais le prendre.

— Va la chercher, espèce de... espèce de...

Fanny ne trouvait pas ses mots, trop étranglée par la nouvelle.

Une très jeune fille brune aux yeux noirs, enveloppée dans un manteau trop grand, entra timidement, une valise à la main. Maurice la tenait gauchement par les épaules, fier et craintif.

— C'est Irène.

— Je vois bien. Il est pour quand, l'enfant ?

Irène, baissant la tête, ouvrit son manteau. Seigneur ! Elle était presque aussi grosse qu'Antoinette.

— Pour le mois d'octobre, madame.

Fanny accusa le coup. Puis elle se leva pour dire :

— Il n'y a qu'un grand lit dans la maison où on va habiter maintenant. Zabelle, est-ce que tu veux bien encore nous prêter le tien ? Oui ? Merci, cousine. Maurice, il ne te reste plus qu'à le démonter. Ton père t'aidera à le transporter quand il reviendra tout à l'heure. Moi, je vais allumer le feu là-bas pour faire réchauffer le fricot d'hier. Après, je vais aller chercher Colette.

Elle remit son châle sur les épaules et elle prit la cocotte en fonte dans laquelle elle avait, la veille, préparé le repas du soir. Elle préférait se sauver.

Le jour commençait à baisser et l'air rafraîchissait, mais elle s'en moquait éperdument. Jamais Julien et elle ne seraient donc tranquilles. Leurs trois enfants avaient juré de les tourmenter. L'aînée, Antoinette, faisait des petits comme une poule pondeuse. La deuxième, Raymonde, était morte l'année d'avant après avoir mis Colette au monde. Et maintenant, Maurice faisait un gosse à une gamine ! C'était trop ! On pensait pouvoir souffler un peu dans une maison où chacun aurait pu, enfin, avoir sa chambre…

Et cette Irène, là, c'était qui ? Fanny en avait juste entendu parler de temps en temps par Julot quand il venait chercher Maurice.

— Il n'est pas là, le camarade ? Ouais, il n'a plus beaucoup de temps à lui... Irène lui tourne la tête.

— Qui c'est ?

— Une fille du Grand-Fort. Mais vous inquiétez pas, elle est bien bellotte et bien comme il faut. Y a seulement qu'elle est un peu jeune.

Fanny reconnaissait que Julot n'avait pas menti. Même enceinte jusqu'aux yeux, Irène était vraiment jolie et jeune. Terriblement jeune !

Fanny devinait que Maurice n'avait pas osé trop parler de son amoureuse tant que la famille était encore en grand deuil après la mort de Raymonde. Malgré l'affection qui le liait à sa sœur défunte, il était normal qu'un garçon en bonne santé soit attiré par les filles et qu'il ait envie de courir les bals... Fanny le comprenait et l'admettait, mais pourquoi fallait-il que ce soit aujourd'hui qu'elle l'apprenne ? Ah, la journée avait mal débuté ce matin quand elle avait perdu son épingle. Comme un signe du destin... Tout par terre en une seconde !

En arrivant à la nouvelle maison elle se mit à allumer le feu machinalement. La veille, Julien avait amené ce qu'il fallait dans l'appentis. Elle dut souffler en continu à se vider la tête pour que le petit bois prenne.

Elle finit par se calmer.

L'église sonna l'angélus du soir. Il était plus que temps d'aller chercher Colette. En sortant elle vit, de loin, Julien entrer dans la demeure qu'ils quitteraient le soir même. Elle résista à l'envie de l'appeler. Après tout, Maurice se débrouillerait avec son père qui aurait peut-être une autre réaction que celle qu'elle avait eue ! Elle se reprochait de ne pas avoir accueilli sa future belle-fille comme il faut. Elle se rattraperait… Pour le moment, il fallait se dépêcher.

* *
*

Quand Fanny arriva dans la maison de sa fille Antoinette, rue de Gravelines, on y riait. Les quatre enfants étaient assis dans le parc en bois. Miette, la plus âgée, racontait une histoire. Colette, Martin et Maryvonne battaient des mains. L'atmosphère était joyeuse.

— Qu'est-ce qu'il y a, m'man ? demanda Antoinette en voyant l'air sombre de sa mère.

— Il y a que ton frère Maurice vient de m'annoncer qu'il va se marier.

— Tu ne t'en doutais pas ?

— Je savais qu'il avait une bonne amie, mais de là à la mettre enceinte…

— C'est la vie, m'man. Vaut mieux ça qu'une jambe cassée, allez.

— Oui… mais Irène va venir vivre avec nous. Sa mère l'a mise à la porte…

— Qu'est-ce que c'est que cette histoire ? C'est quoi ces gens qui mettent leur fille dehors au moment où elle a le plus besoin d'eux ?

— Je ne sais pas. Je ne les connais pas. Tiens, au fait, Maxime n'est pas là ?

— Non, il est parti chez son camarade. Sa femme vient d'accoucher de son cinquième…

— Eh ben !

Fanny préféra ne rien ajouter. Tous des inconscients ces jeunes ménages ! Ah, c'était bien beau de prendre du bon temps et de faire des enfants à la queue leu leu ! Mais… pour les nourrir et leur donner de l'instruction, comment ils feraient ?

Elle sortit Colette du parc de jeu pour lui remettre son manteau. Quand elle fut bien couverte, Fanny la mit sur son dos en la maintenant d'une main sous les fesses.

La vieille femme avait gardé cette façon de porter les enfants en bas âge qui lui permettait d'aller à son rythme. La petite fille, qui aurait pourtant bien voulu rester avec ses cousins, se tenait fermement au cou de sa grand-mère.

La vieille femme donna un baiser à chacun avant de sortir.

Quand elle arriva devant sa nouvelle habitation, elle vit de la lumière à l'intérieur. Dans la

« belle salle » en bas, Irène attendait, assise sur une chaise pendant que Julien et Maurice finissaient de monter le lit qu'ils avaient ramené de chez Zabelle.

— J'ai pensé qu'on pouvait leur laisser le haut en entier, expliqua Julien, et que nous, on pourrait se mettre ici avec Colette. J'ai redescendu les affaires que t'avais mises en haut.

— Tu as raison. Mariage, ménage, répondit Fanny sans sourire.

On recommençait donc la même chanson.

Elle préféra s'occuper du fricot à réchauffer.

La nuit fut difficile. Colette ne trouva pas son sommeil dans un environnement encore inconnu. Fanny se retourna sans cesse dans le lit que sa cousine Zabelle lui prêtait depuis plus de deux ans maintenant. L'oreille aux aguets, elle entendit même Maurice chuchoter et Irène pleurer. Seul Julien dormit comme un loir.

* *
*

Le lendemain, Miette inspectait la pièce. Elle avait couru devant sa mère plus vite qu'à l'accoutumée pour admirer la nouvelle maison de sa grand-mère. La déception se lisait clairement dans ses yeux gris bleu qui regardaient le monde avec candeur. Elle ne voyait guère de changement par rapport au logis précédent. Elle s'attendait à un château ou quelque chose de ce genre, mais non. Juste pareil. En bas, une chambre et une cuisine.

— Tu avais dit que ta chambre serait en haut maintenant, alors pourquoi ton lit et celui de Colette sont en bas, grand-mère ? Pourquoi c'est comme ça ? Pourquoi tu dors pas en haut ?

— Parce que Maurice y habite avec Irène.

— Irène ? Qui c'est ?

— Sa bonne amie.

— Ah. Je peux aller dire bonjour à mon oncle et à sa bonne amie ?

— Il n'est pas là…

C'était pas possible d'avoir une petite fille comme ça toujours à poser des questions. Et qui embêtait les grandes personnes à les regarder sous le nez.

— …dis-moi plutôt pourquoi tu es venue.

À ce moment-là, Antoinette rentra lentement tirant la poussette alourdie du poids de Maryvonne et de Martin.

— Maman, est-ce que tu pourrais venir chez moi demain ou après-demain ? D'après la sage-femme, c'est pour bientôt et Maxime peut avoir seulement une journée, pas plus !

— Déjà ? Et tu te promènes encore ? Tu vas finir par accoucher dans la rue.

— Qu'est-ce que ça veut dire : tu vas finir par accoucher dans la rue ? demanda Miette.

— Que tu vas avoir un nouveau petit frère ou une nouvelle petite sœur, déclara Antoinette d'un air las.

— Dans la rue ? Tu vas l'acheter où ?

Les deux femmes éclatèrent de rire.

## II

## La valise à bébés

Miette et Maryvonne se balançaient d'avant en arrière sur le portillon fermant le minuscule jardinet en façade de leur maison, route de Gravelines.

Le mois de septembre s'étirait comme tous les ans avant la réouverture de l'école le 1er octobre. Depuis que le temps se refroidissait et empêchait de passer les après-midi à la plage, Miette avait hâte de retrouver la cour de récréation. Pourtant ce n'était pas cela qui lui trottait dans la tête. Tout en se balançant, elle se demandait pourquoi grand-mère Fanny avait emmené le petit frère Martin avec elle, la veille. Et elle trouvait curieux que leur père lui ait dit d'aller jouer dehors avec Maryvonne malgré l'heure matinale.

C'était une drôle de journée qui avait débuté par un cri de bébé que Miette n'avait pas reconnu.

Il ne pouvait pas s'agir du petit frère Martin puisqu'il était parti chez leur grand-mère. Et depuis quelques jours, quatre exactement, elle dormait avec sa petite sœur Maryvonne dans la pièce au-dessus de la cave. Il était absolument interdit de soulever les trois marches en bois qu'on devait emprunter pour y accéder et qui bougeaient ensemble comme le couvercle des boîtes à biscuits en fer. Maxime, leur père, avait promis une vraie fessée aux enfants s'ils touchaient à ce drôle de petit escalier. Mais, depuis que Miette avait compris le système d'ouverture pour descendre à la cave, l'envie la démangeait d'aller voir ce qu'il y avait en bas.

C'était bizarre de se retrouver maintenant avec Maryvonne dans une chambre pour elles deux seulement. Au début, le souffle de ses parents lui avait manqué et puis elle avait trouvé que c'était mieux sans eux. Ils faisaient vraiment beaucoup de bruit par moments, même s'ils ne parlaient pas. L'enfant avait l'impression qu'ils n'étaient pas sages et même qu'ils faisaient des bêtises tout bas. Maintenant, la nuit quand elle n'arrivait pas à s'endormir, elle n'entendait plus que la respiration de Maryvonne sur l'oreiller d'à côté et c'était bien.

Le cri de bébé qui l'avait réveillée ce matin, l'avait attirée, pieds nus, dans la chambre de ses parents. Maxime, son père, était penché au-dessus d'un berceau mis à côté du grand lit. Dedans, un nourrisson braillait de toutes ses forces.

— Qui c'est, maman ? avait demandé Miette, en remarquant enfin que sa mère était encore allongée. Tu es malade, maman ?

— Non, ma grande, je suis juste fatiguée… C'est Mimi, ton nouveau petit frère.

— Ah… tu es allée le chercher pendant la nuit ? Pourquoi t'as pris celui-là ? Y avait plus de filles ?

— Pourquoi donc ? Tu ne le trouves pas beau ?

— Si, si, mais il pleure trop fort.

— Il a faim. Je vais lui donner à boire. Il va se calmer.

Maxime avait soulevé le petit garçon pour le présenter à Antoinette qui le mit au sein. Immédiatement le silence était revenu, à peine troublé par le bruit de succion du bébé et l'arrivée de Maryvonne encore à moitié endormie.

Ensuite Miette avait préparé le petit déjeuner comme si elle avait compris que désormais elle était vraiment « la grande ». Elle avait débarbouillé sa petite sœur d'un gant de toilette à peine mouillé. Elle l'avait habillée. Et maintenant elle se balançait avec elle sur le petit portillon qui grinçait à chaque va-et-vient devant la maison.

Les gens passaient en leur souriant. Elles disaient à tous que leur petit frère était arrivé. Une voisine demanda si leur maman avait choisi le plus beau bébé. Elles coururent en vitesse jusqu'à la chambre pour demander à leur mère où étaient les autres bébés.

— Le docteur les a repris avec lui.

— Dans quoi il les met ?

— Dans une grande valise, répondit leur père en riant, allez ouste, dehors ! Le médecin va arriver.

Quelle idée de mettre des bébés dans une valise ! Ils ne devaient pas être très bien dans le noir…

— … Mais si, Miette, c'est une valise spéciale. Allez, va jouer.

En sortant de la maison pour reprendre leur jeu de balançoire, les deux fillettes reconnurent le docteur Wallyn qui arrivait à vélo. Elles lui dirent bonjour tout en ouvrant le portillon pour le laisser passer. Elles l'accompagnèrent jusqu'à la porte de la maison.

— Vous pouvez nous montrer les autres bébés pour voir si maman a bien choisi ? demanda Miette tout à coup.

Habitué aux questions de l'enfant, le médecin ne fut pas plus surpris que cela. Il prit le parti de rire avant de répondre :

— Ce n'est pas possible… Une fois qu'on a choisi, on a choisi, on ne peut plus changer.

— Ah.

L'enfant sentit confusément qu'on se moquait d'elle. Mais les grandes personnes sont tellement bizarres quelquefois, que ce n'est pas de leur faute si elles ne comprennent rien à ce qu'on leur dit. Elle regarda le docteur avec un air en coin.

— Qu'est-ce qu'il y a, Miette ?

— C'est drôle cette histoire de bébés qu'on met dans des valises... Où elle est votre valise à bébés ? Votre sac, là, il est bien trop petit pour en mettre plusieurs...

Et elle se sauva. Le docteur posa son vélo contre le mur de la maison tout en la suivant du regard en souriant.

Les deux gamines se balancèrent ainsi jusqu'à midi pour annoncer la bonne nouvelle aux camarades qui passaient. Chacun avait une version particulière pour la valise à bébés sans qu'aucun ne puisse dire exactement ce qu'il en était. Miette remit à plus tard cette grave question de savoir comment faisaient les bébés pour respirer dans cette fameuse valise.

## III

## Lire

DEPUIS QUE MIMI ÉTAIT NÉ, plus rien n'allait. Martin voulait encore les bras de sa mère et sa part de lait.

Maryvonne restait souvent à la charge de sa grande sœur et elle en profitait pour faire des bêtises.

Miette criait à l'injustice sans connaître le mot quand elle se faisait gronder à la place de sa petite sœur. Et elle rechignait parfois à obéir à sa mère. En un mot, Antoinette n'en pouvait plus de ses quatre enfants arrivés en cinq ans. Elle était devenue maigre comme un clou.

Alors, Maxime Fournier parla de changer de métier. Non pas qu'il n'aimait plus être boulanger, au contraire, mais il se rendait compte qu'il vaudrait mieux travailler de jour pour la santé de sa femme. Épuisée par ses quatre accouchements successifs, Antoinette avait besoin de repos. Avec un autre métier, il pourrait au moins se lever la nuit pour s'occuper des gamins.

Mais que faire pour gagner sa vie correctement ? Être matelot ? Aller en mer ? Pas question. C'était pire que boulanger. Jamais là quand les enfants naissent ou sont malades, forcément !... Maçon ? Il n'était pas doué pour ce genre de travail. Quoique... s'il ne trouvait rien d'autre...

Comme tous ceux qui cherchaient du travail dans le village, il se rendit à la mairie de Gravelines. Une affiche attira son regard dans le hall. À cette époque de l'après-guerre, la police encore associée à Pétain, n'avait pas bonne presse. Elle était obligée de recruter en employant les grands moyens. Maxime lut l'annonce. Le salaire de début lui parut élevé par rapport à ce qu'il gagnait à la boulangerie.

Nom de nom ! Ça valait le coup.

Mais, zut, il y avait un concours ! Et alors ? Il avait eu son certif du premier coup, non ? Et à dix ans encore ! D'ailleurs, le maître d'école s'était arraché les cheveux le jour où sa mère, Victorine Fournier, avait décidé que désormais il était bon pour le travail.

— ... mais enfin madame, Maxime pourrait continuer des études, il en est capable...

— Pour quoi faire ? Pour devenir un beau monsieur ? Et alors ? Un fils de marin pêcheur reste un fils de marin pêcheur !

Son père, Auguste Fournier, avait baissé la tête comme pour donner raison à sa femme. Et l'affaire avait été entendue. Maxime qui ne voulait pas naviguer, s'était retrouvé apprenti boulanger du jour au lendemain.

Le métier lui avait plu tout de suite. Et pendant la guerre, les siens ne manquèrent pas de pain. Même au moment de l'évacuation dans l'Avesnois en 1944, la boulangère de Colleret l'avait embauché immédiatement, bien contente de trouver un si bon ouvrier.

Mais, maintenant, Antoinette et les enfants réclamaient davantage. Maxime se souvenait avoir juré en pleine débâcle de devenir riche pour eux. Il était temps d'y songer sérieusement.

En sortant de la mairie, il avait les renseignements dans sa poche. Le concours devait se dérouler en février. On allait vers la toute fin septembre. Il avait quatre mois devant lui.

Mais comment faire pour réviser la grammaire, l'histoire, l'arithmétique, les sciences et surtout les questions de droit qu'il ignorait ? À Colleret, il avait beaucoup lu et discuté avec monsieur Lemaire, ce saint homme qui les avait accueillis chez lui. Mais il sentait bien les limites de son savoir. Son vieux maître d'école n'était plus là. Alors, à qui s'adresser ?

En attendant de trouver, il s'obligea à acheter le journal chaque jour et à le lire du premier mot au dernier. Il sentait confusément que, quelque part, les nouvelles de la planète et de la région le concernaient, même s'il n'était qu'un rien du tout dans le monde. Quand il rentrait de la boulangerie, il le parcourait avant d'aller se reposer. Et conquise par l'idée de voir un jour son homme policier, Antoinette filait au jardin à sa place dès qu'elle le pouvait malgré sa fatigue pour lui laisser le temps de s'instruire.

Un jour, après la sieste obligatoire quand on travaille de nuit, il eut la surprise de voir sa fille aînée attablée avec le journal *La Voix du Nord* grand ouvert devant elle. Il se demanda si par hasard elle lisait vraiment le feuilleton en bande dessinée.

— Qu'est-ce que tu fais, Miette ?

— J'essaie de comprendre les dessins, mais je voudrais savoir lire. Qu'est-ce qui est écrit papa ?

En souriant Maxime raconta la tranche de Cendrillon illustré par Walt Disney. Miette posa plein de questions. Non pas sur l'histoire qu'elle avait quasiment devinée mais sur les mots. Il se rendit compte qu'elle connaissait presque tout l'alphabet alors qu'elle n'était encore qu'en maternelle.

— Qui t'a appris, Miette ?

— Madame Ponchelle, tiens !

Ah ! Madame Ponchelle ? La maîtresse d'école qui habitait là, en face, dans la maison qui se prolongeait par un très grand jardin… ?

Tout à coup, ce fut comme une évidence pour Maxime. Madame Ponchelle que tout le monde vénérait dans le village, pourrait l'aider, il en était sûr.

Il traversa la rue. Sonna à la porte. Marie, la bonne, lui ouvrit d'un air sévère. Mais elle appela sa patronne sur le champ. Madame Ponchelle dit simplement après l'avoir écouté :

— Venez tous les soirs, Maxime. Et entre temps lisez, le plus que vous pouvez. Tenez.

Elle lui tendit un gros volume. C'était *Les Misérables.*

— Ah, merci madame, j'ai vu le film avec Harry Baur avant la guerre…

— Vous verrez, le livre c'est encore mieux.

Il l'aurait bien embrassée l'institutrice aux cheveux gris, si elle ne l'avait pas autant impressionné. Pourtant elle était toute menue, comme effacée. Mais il se dégageait d'elle une telle force qu'elle ne passait jamais inaperçue.

De ce moment, il se plongea dans la lecture avec un plaisir renouvelé, inattendu, et chaque soir il se précipitait chez madame Ponchelle comme s'il allait au paradis. Pourtant, c'était un peu difficile.

Pas l'arithmétique où il excellait, ni le français qu'il adorait, mais le reste où la mémoire est plus sollicitée que le raisonnement.

Quand il revenait chez lui, Miette l'attendait pour qu'il lui lise les deux planches de bande dessinée de Cendrillon dans *La Voix du Nord*. Mais, bien vite, elle comprit que son père n'avait pas le temps. Sa mère non plus n'avait pas le temps. Alors, elle continua à regarder les dessins jusqu'à leur trouver un sens. Le soir, elle racontait l'histoire qu'elle s'était inventée à Maryvonne et à Martin.

Un dimanche, en revenant de la messe avec Fanny, elle vit Julien lire son journal.

— C'est *La Voix du Nord*, grand-père ?

— Oui. Comment tu sais ?

— Je vois bien que c'est le même journal que papa. Il y a les mêmes lettres en bleu à la première page.

— Tu sais lire ?

— Non. Pas encore. Apprends-moi, grand-père !

— T'apprendras à l'école, Miette, moi je ne suis pas instituteur.

— Et toi grand-mère, tu peux m'apprendre ?

— Oh, moi la lecture, tu sais, c'est pas mon fort, Miette. Je ne saurais pas t'apprendre. Et puis je ne sais pas beaucoup écrire. Et puis j'ai pas beaucoup de temps.

Fanny se sauvait déjà pour aller chercher Colette qui se réveillait dans la chambre à côté et Maurice descendait doucement de l'étage avec Irène.

On passa à autre chose. Il fallait reconduire la gamine chez elle. Julien le fit. Tout au long de la route, Miette lui parla de lecture. Il avait les oreilles rabattues quand il arriva chez sa fille Antoinette.

— C'est pas possible une enfant pareille. Il est temps qu'elle apprenne à lire.

— Ça va venir, p'pa. Elle sait déjà toutes ses lettres.

— Oui, mais, maman, intervint Miette, je ne comprends pas quand elles sont attachées. Dis-moi comment on fait.

— J'en sais rien. Tu vas bientôt retourner à l'école. C'est là que tu apprendras. Tais-toi maintenant. Tiens, va endormir ton petit frère en attendant qu'on mange.

Miette détestait ça : rester debout pour balancer le berceau de Mimi. Elle eut une idée.

Elle revint dans la cuisine prendre la petite chaise sur laquelle sa mère s'asseyait pour donner le sein. Elle aimait bien ce siège aux pattes rabotées qui lui permettait d'être assise presque comme une grande. Ses jambes n'étaient pas encore assez longues pour poser au sol, mais au moins elle n'avait pas l'impression d'être en l'air comme un moineau sur une branche.

Elle mit la chaise devant un côté du berceau. Elle y posa les pieds pour imprimer un mouvement de va-et-vient. Elle chantonnait : *Fais dodo Mimi petit frère, fais dodo, t'auras du gâteau.*

Le bébé s'endormit. Miette sortit doucement de la chambre.

Son père lisait le gros livre de madame Ponchelle avec un air qui surprit la petite fille. Il était complètement absorbé. Au point d'ailleurs de ne pas faire attention à elle. Elle s'assit à côté de lui.

— C'est beau, papa ?

— Plus que ça. C'est poignant.

L'enfant ne connaissait pas le mot mais elle le comprit en voyant le regard de son père. Une lueur y brillait, qui augmenta en elle l'envie de lire. Mais qui pourrait lui apprendre ?

Et si grand-mère Fanny voulait bien ? Oui, bien sûr, elle dirait qu'elle ne sait pas. Mais à deux, elles pourraient essayer. Et grand-père Julien, lui, il savait… Alors, il pourrait les aider, non ?

* *
*

La veille de la rentrée scolaire, Fanny vint chercher Miette et Maryvonne pour soulager sa fille Antoinette. Quand elles passèrent devant la Coop, elles virent une affiche dans la vitrine.

— Qu'est-ce que c'est écrit grand-mère ? demanda Miette.

— C'est pour dire qu'on peut déjà commander les cadeaux de Noël avec les points de fidélité…

— Tu vois que tu sais lire, grand-mère. Tu veux bien m'apprendre, s'il te plaît ?

Il y avait une telle ferveur dans la voix de l'enfant que Fanny la regarda attentivement. Le petit visage encadré de tresses claires et les yeux gris-bleu attentifs n'étaient que supplique, à tel point qu'on en oubliait le petit corps posé sur des jambes un peu arquées et vêtu très modestement.

Miette avait attrapé la manche de sa grand-mère et elle s'y agrippait comme à une bouée.

— Tu veux bien, dis ?

Comment refuser ? Même si elle n'avait plus ouvert un livre depuis bien longtemps et qu'elle avait toutes les peines du monde à écrire, Fanny se dit qu'il était impossible de s'y soustraire. N'avait-elle pas insisté autrefois pour que ses enfants fréquentent l'école quoi qu'il advienne ? Alors, si maintenant une de ses petites filles exprimait un tel désir d'apprendre à lire, elle ne pouvait pas dire non. Elle se garda d'avouer qu'elle savait ce qu'il y avait sur l'affiche simplement parce que la dame de la Coop le lui avait dit. Elle hocha la tête avant de répondre tout bas :

— On apprendra à deux, si tu veux…

La gamine se jeta à son cou et elle la couvrit de baisers en murmurant :

— Merci, merci, grand-mère.

Le lendemain matin, Fanny conduisit les deux aînées de ses petits-enfants jusqu'à l'école maternelle. Elles avaient mis leurs nouveaux tabliers achetés au marché du Grand-Fort. Elles avaient passé du temps à choisir le coloris : bleu pour la plus grande, rose pour la plus jeune. Mais Fanny savait que toutes les gamines de l'école auraient presque les mêmes. Qu'importe ! Les leurs étaient les plus beaux, les plus propres, les mieux repassés ! Antoinette était vraiment la reine de l'entretien du linge.

Sur le chemin de l'école, les mères, ou les grands-mères, portaient à bras les tout petits enfants pas rassurés qui faisaient leur première rentrée. Dans le hall de la maternelle, ils pleuraient dans les jupes de madame Germaine pendant que madame Ponchelle disait aux parents :

— Allez-y ! Dans deux secondes, ils n'y penseront plus, allez !

Les adultes repartaient vers leurs autres enfants plus petits encore qui avaient plus besoin d'eux que ceux qui étaient déjà assez grands pour aller à l'école. Et Fanny pensa en elle-même que c'était le même cinéma partout. Les jeunes ménages faisaient des gosses à tour de bras au point de ne plus avoir le temps de s'en occuper vraiment. Mon Dieu, mon Dieu ! Qu'est-ce qu'ils allaient devenir tous ces gamins ?

À la porte de la rue, madame Ponchelle inspectait chaque enfant avant de le laisser entrer.

— …Demain, tu viens avec des ongles propres mon garçon ou tu retourneras chez toi. Et toi, ma fille, tu te nettoieras les oreilles bien comme il faut. Ne les oublie pas. Sinon je te les frotterai moi-même…, disait-elle aux uns et aux autres.

Les enfants promettaient et ils avaient alors le droit de passer la porte. Avant de retourner chez elle, Fanny ressentit de la fierté quand madame Ponchelle autorisa d'emblée ses deux petites-filles à entrer. Elle leur jeta un dernier coup d'œil sans voir le regard étonné de Miette qui découvrait au travers du carreau de la classe qui donnait sur le couloir, une grande et belle jeune femme qui faisait des dessins à la craie sur le tableau.

La fillette se demanda qui c'était. Elle le sut bientôt.

Les marmots étaient déjà dans leur classe avec madame Germaine qui s'occupait d'eux avec patience. Madame Ponchelle claqua des mains dans la cour pour inviter les plus grands à se mettre en deux rangs.

Tout le monde entra dans la première classe. On était obligé de la traverser pour rejoindre celle du fond. Mais au lieu d'indiquer à chacun où il devait se mettre, madame Ponchelle demanda à tout le monde de s'asseoir par terre en face du tableau.

La belle jeune femme que Miette avait aperçue tout à l'heure, se tenait debout, souriante. Elle avait des cheveux clairs et un peu frisés jusqu'aux épaules. Elle portait du rouge à lèvres qui lui faisait un sourire éclatant. Et surtout elle avait une jupe comme jamais Miette n'en avait vue. Quand elle marchait on aurait dit qu'elle dansait. Le tissu virevoltait autour de ses longues jambes gainées de soie. Un ange. On aurait dit un ange.

C'était la nouvelle institutrice des plus grands. Elle s'appelait mademoiselle Leroy. Miette s'étonna simplement de son nom. Elle aurait préféré mademoiselle Reine ou Princesse, mais depuis longtemps elle savait que les grandes personnes sont parfois vraiment bizarres. « Le roi » pour nommer une jolie dame… C'était encore une sottise.

L'enfant regardait la nouvelle venue avec une sorte de vénération dont madame Ponchelle s'aperçut. Elle savait de quoi cette enfant était capable. Mais elle avait autre chose à faire qu'à continuer à l'observer. Il était temps de faire passer sa propre classe dans la salle du fond et de laisser la nouvelle institutrice avec les plus grands.

* *
*

La matinée passa comme un éclair. Mademoiselle Leroy dessinait au tableau en utilisant toutes les craies de couleur.

L'après-midi, devant les classes réunies autour de l'harmonium de madame Ponchelle qui en jouait bien, elle raconta l'histoire des trois petits cochons en dansant et en chantant. Miette n'en revenait pas. Le monde aurait pu s'écrouler, elle n'en aurait pas pris conscience.

Elle était toute dans l'histoire. Ce fut à ce moment-là qu'elle décida de devenir maîtresse d'école quand elle serait grande.

Sa grand-mère mise dans la confidence dès le midi, se contenta de lui dire :

— Pour commencer alors, mange bien ta soupe pour grandir. Une petite maîtresse d'école, ça va pas… Mais surtout sois bien attentive et dépêche-toi d'apprendre à lire.

Ce n'était pas la peine de le dire à l'enfant.

Chaque matin, elle était prête la première. Elle finit par demander à faire la route toute seule afin d'arriver en avance pour allumer le feu avec mademoiselle Leroy.

— Toute seule ? Non, pas encore. Tu n'es pas assez grande, lui répondit sa mère.

Alors Fanny continua à conduire les deux fillettes à l'école. De temps à autre elle venait avec Colette sur le dos, histoire d'avoir ses trois petites-filles ensemble.

# IV

## La bouteille d'huile

POURTANT, après l'interdiction d'aller à l'école toute seule, Miette eut le droit de faire les courses, toute seule. Elle aimait bien. Même si le sac à provisions en toile noire cirée arrivait au sol quand elle le portait à la main. Pour éviter qu'il ne traîne sur le trottoir, elle devait le porter bras plié et, quand la charge pesait, c'était un peu difficile. Elle avait la peau sciée en arrivant chez elle. Mais, elle ne se plaignait pas parce qu'elle avait le droit de garder le petit sou que lui rendait le commerçant. Sa mère lui avait dit d'en faire ce qu'elle voulait.

L'enfant aurait pu acheter un bonbon chez Adélina, mais elle préférait garder la monnaie pour autre chose. Depuis qu'elle avait vu des cerises au début de l'été chez Courco, le marchand de légumes, elle voulait conserver tout son argent pour en acheter quand il y en aurait. Sa mère avait refusé d'en prendre l'été dernier parce que c'était pour les riches seulement.

La forme et la couleur de ces petits fruits rouges avaient frappé Miette au point qu'elle en avait rêvé une nuit. Elle s'était reconnue en train d'en voler à l'étalage ou d'en cueillir sur un grand arbre qu'elle n'avait jamais vu. Les jardins du village portaient encore la marque de la guerre et les fruitiers frais replantés dans un sol ingratement sablonneux restaient trop jeunes pour donner.

Un jeudi matin, en revenant de la boucherie, Miette entra à la Coop acheter de l'huile. Antoinette, sa mère, avait oublié d'en prendre la veille et le niveau dans le pot à frites était trop bas pour servir le plat préféré de Maxime quand il rentrerait du travail. L'enfant avait répété tout au long de la route : saucisse, huile, saucisse, huile… pour ne pas oublier.

L'épicier plaça lui-même la lourde bouteille en verre dans le cabas de la gamine en lui disant :

— Fais bien attention, petite ! Tiens, prends ta monnaie ! Il reste un sou.

Miette sortit du magasin, alourdie mais contente. Sa mère lui laisserait sans doute ce petit sou en plus. Ses galoches faisaient clac, clac sur le sol. Elle aimait bien ce bruit-là, elle faisait même exprès d'aller un peu vite pour l'entendre. Et puis, tout à coup, elle vit quelque chose de scintillant dans le ruisseau. On aurait dit du papier d'aluminium. Celui qu'on trouve autour des plaques de chocolat.

L'enfant s'arrêta net. Sa grand-mère Fanny en faisait des papillotes à la Noël pour les accrocher dans ses plantes. Ce serait bien de lui apporter ce bout-là. Il brillait fort.

Elle se pencha pour le ramasser. Et... crac ! Le sac heurta le trottoir dans un bruit à la fois sourd et cristallin qui la saisit. Tremblante, elle jeta un coup d'œil à l'intérieur du cabas. Elle eut le réflexe de retirer les saucisses enveloppées dans du journal. L'huile se répandait déjà. Ce n'était pas possible de la perdre. Sa mère la tuerait...

Elle prit ses jambes à son cou, le paquet de saucisses dans une main, le sac bien accroché à l'autre pour le préserver du trottoir.

— Maman, maman, la bouteille d'huile est cassée, hurla-t-elle d'une voix affolée en cognant du pied à la porte.

Antoinette ouvrit à sa fille. Elle comprit immédiatement. Elle reposa Mimi dans son berceau en vitesse sans s'occuper de ses protestations, tout en ordonnant à Miette de continuer à tenir le sac bien droit.

Puis elle fila chercher deux bouteilles vides à la cave. Dans la première, elle enfonça l'entonnoir qu'elle tenait toujours pendu à un clou dans la cuisine. Dedans, elle plaça une serviette en toile fine. Elle posa le tout par terre sur un vieux journal, histoire de limiter le nettoyage tout en évitant la glisse.

— Miette... Mets la viande sur la table, bon sang ! Donne-moi le sac... Bon. Maintenant, tu tiens l'entonnoir. On va aller doucement.

Assis dans le parc au milieu de la pièce, Martin suçait son pouce et, à côté de lui, Maryvonne regardait sa mère sans rien dire. Mimi s'était tu. On aurait dit que les enfants comprenaient le sérieux de la situation.

La jeune femme serrait les bords du sac de façon à laisser couler dans l'entonnoir l'huile piégée dans la toile cirée. Elle se réjouissait d'avoir choisi celui-là au marché parmi d'autres moins chers mais pas imperméables. En arrivant à la fin, elle sortit les gros morceaux de verre qu'elle posa sur le journal. Zut, elle aurait dû préparer une assiette pour la serviette.

— Tiens ça, Miette, dit-elle à sa fille en lui tendant le sac.

L'enfant n'osait pas ouvrir la bouche. Elle tremblait intérieurement. Elle fit bien attention de ne rien faire tomber. Antoinette eut pitié d'elle.

— C'est pas grave, va. Ce n'est pas de ta faute si tu dois déjà faire les courses comme une grande alors que tu es encore petite.

À ces mots, la fillette regarda sa mère avec un tel regard de gratitude qu'Antoinette en fut touchée.

Elle eut honte d'elle-même tout à coup de ne pas montrer davantage à ses enfants combien elle les aimait. Mais elle n'avait vraiment pas le temps de les câliner.

Elle posa la serviette imbibée d'huile sur l'assiette qu'elle venait de mettre sur le journal par terre. Puis elle en disposa une nouvelle, pliée en deux cette fois, dans l'entonnoir enfoncé dans la seconde bouteille vide. Elle reprit le sac des mains de Miette pour le mettre dans un plat assez grand afin de récupérer jusqu'aux dernières gouttes ensuite. Là, il était temps de finir si elle voulait faire des frites pour son homme à midi.

Elle vida le contenu de la première bouteille dans la seconde. La double épaisseur de la toile rendait l'opération plus lente, mais c'était nécessaire de procéder ainsi pour éviter le moindre bout de verre dans l'huile. Pas question d'envoyer son monde à l'hôpital...

Il s'en fallut de peu pour que Maxime ne doive se contenter de tartines pour tout repas. Miette avait mis la table et elle était allée chercher les œufs dans le poulailler sans en casser un seul. Antoinette lui avait donné un baiser rapide dans les cheveux. L'enfant avait voulu lui en rendre un, mais trop tard... Déjà sa mère battait les œufs plus rapides à faire cuire que les saucisses. Et son père entrait juste bien pour sortir les frites de leur premier bain après avoir posé sur la table le pain tout frais qu'il ramenait de sa boulangerie.

Après le repas, Antoinette mit de l'eau à chauffer dans une bassine sur le poêle. Elle y ajouta un bout de savon de Marseille. Elle devrait nettoyer le sac et la toile fine rapidement dans la journée pour être sûre d'éliminer la moindre trace d'huile.

— Miette, est-ce que tu sauras aller chez mémère, avec Maryvonne ?

— Maman, tu ne veux pas que j'aille à l'école toute seule et, là, tu veux que j'aille chez grand-mère toute seule avec Maryvonne ?

— Ça change pas pour l'école, ma fille. Mais aujourd'hui, à la guerre comme à la guerre ! Comme ça, je pourrai laver tranquillement pendant la sieste de tes petits frères. Tu connais la route ?

— Ben, oui. Je connais la route. Mais il faut dire à Maryvonne d'être sage.

— Elle a intérêt à être sage, sinon, elle aura du martinet ce soir.

La cadette qui entendait parler d'elle, fit oui de la tête. Elle craignait cet instrument redoutable plein de lacets en cuir, ramené un soir par Maxime, fatigué d'entendre Antoinette lui dire que certains jours les enfants étaient vraiment vilains. Depuis, personne encore ne s'en était servi. Il suffisait de le montrer pour que le ton baisse dans la maison.

Les deux petites filles bien emmitouflées dans leurs manteaux et leurs cache-nez se mirent en route. Flic, floc faisaient les galoches de Maryvonne dans les flaques.

— Arrête, arrête, disait la grande sœur en riant. Zut, mes souliers sont mouillés aussi. On va se faire disputer.

Et elle continuait à tirer sa petite sœur par la main. Il n'était pas question de la lâcher. Le plus grand plaisir de Maryvonne étant de se sauver au milieu de la rue. Quand elle faisait ça, même s'il n'y avait pas de circulation, sa maman lui donnait une fessée en disant :

— Un jour, tu vas te faire écraser par une voiture ou par un cheval. Petit poison, va.

Les deux enfants arrivèrent très énervées chez leur grand-mère. Qui se douta bien que la journée avait quelque chose de particulier. Quand Miette eut fini de raconter, sa grand-mère prit un air terrible pour déclarer :

— Miette, tu as bien réagi ce matin avec l'huile. Quelle idée aussi de t'envoyer faire des courses toute seule à ton âge et même de te donner la responsabilité de…

Et puis, elle se mordit les lèvres, honteuse d'avoir émis un avis critique sur sa propre fille.

Ce n'était pas la mode de dire des choses pareilles. Et en particulier devant Miette qui n'arrêtait pas de poser des questions.

Depuis la mort de sa propre mère, Éléonore, et de sa fille Raymonde, l'une partie au début de la guerre et l'autre à la fin, Fanny observait ses enfants et ses petits enfants d'un œil différent. Toujours à craindre. Elle se serait fait couper en quatre pour eux. Et, sans se l'avouer, surtout pour cette petite Miette à qui elle devait d'être encore en vie aujourd'hui.

Elle se revoyait deux ans auparavant, quelques semaines après l'enterrement de Raymonde dont la fille Colette, encore bébé, était devenue muette de chagrin. Et le pire était que le nourrisson semblait lui en vouloir à elle, Fanny, de remplacer sa mère. Pas un rire, pas un regard pour la vieille femme qui saignait intérieurement de ce désamour.

Alors, le jour où Colette avait souri à son cousin Martin, Fanny s'était sentie rejetée par sa petite fille.

Laissant sa famille plantée là, elle avait mis sur son épaule le louchet dont elle se servait pour déterrer les vers de vase. Elle avait pris le seau en fer à la main et elle avait marché droit devant elle jusqu'à la plage.

Elle aurait dû se réjouir de voir Colette sourire enfin. Mais elle en avait été incapable sur le moment. L'amour qu'elle portait à l'enfant de sa fille défunte n'acceptait pas d'être contrarié. À quoi ça servait d'essayer d'être une honnête femme et de tout faire, depuis toujours, pour que les siens ne manquent de rien, si la petite orpheline ne l'aimait pas ? À quoi bon vivre si Colette se sentait mieux avec les autres qu'avec sa propre grand-mère ? Il valait mieux disparaître, rejoindre sa fille, là-bas, quelque part où l'on ne souffrait plus…

Ce jour-là donc, louchet sur l'épaule et seau à la main, Fanny avait filé sur la grève jusqu'au niveau du calvaire du Grand-Fort. Il restait quelques dizaines de mètres avant le sable lourd où se nichaient les vers. Elle avait eu la tentation d'aller jusqu'au chenal. À marée basse, la vase s'y étale en lourdes volutes sinueuses, puissantes, lisses et silencieuses. S'y glisser, s'y enliser et n'en plus sortir… Elle s'était battue avec elle-même pour ne pas céder à leur appel.

Elle s'était obligée à ralentir. Elle avait commencé une prière qu'elle avait vite abandonnée, incapable de mettre de l'ordre dans ce qu'elle voulait dire. À quoi bon ? Qui l'aurait écoutée là-haut ? Personne. Le ciel était vide ou sourd.

Elle avait accéléré le pas malgré elle, quand, tout à coup, le vent avait crié :

— Mémère, mémère.

Elle s'était retournée. Une petite forme courait vers elle, de toute la vitesse de ses petites jambes arquées.

— Mémère, mémère, attends-moi, attends-moi.

— Qu'est-ce que tu fais là, Miette ?

— Je veux aller avec toi, mémère. J'aime bien aller avec toi.

Alors, elle, Fanny Dubar, avait posé son seau et son louchet. Et elle avait ouvert les bras à la petite fille qui riait dans le vent. Elle l'avait serrée à l'étouffer. Puis, le cœur soulagé, pendant un bon moment elle avait cherché des vers. Pas un seul n'échappait à son coup de pelle, net, précis, rapide. Sans le regarder, elle le jetait dans le seau et passait à un autre. Miette s'amusait près de sa grand-mère comme elle le pouvait. Elle la suivait pas à pas, à chaque trou foré dans le sable humide.

Apaisée, la pelle en bandoulière, le seau à vers d'une main, l'autre sous les fesses de Miette qu'elle portait sur son dos, Fanny était retournée chez elle.

Elle s'était chagrinée à nouveau en constatant que personne ne s'était inquiété de savoir où était passée Miette pendant toute l'après-midi. « J'ai encore de l'utilité. Les jeunes couples ont tellement de choses à faire qu'ils n'ont même plus le temps de s'occuper de leurs enfants, ma parole, » avait-elle pensé en soupirant.

Et là, deux ans après, en écoutant Miette raconter comment elle avait cassé une bouteille d'huile le matin, elle se répétait que décidément, oui, elle avait encore sa place sur terre.

L'après-midi, tout en reprisant chaussettes et manches de tricots, elle raconta des histoires à ses trois petites-filles. Comme d'habitude, sans perdre un mot de ce que disait sa grand-mère, Miette joua avec l'œuf en silex qui permettait de bien faire les talons quand on le glissait à l'intérieur des chaussettes pour tendre la laine comme il faut. Comme d'habitude Maryvonne s'endormit rapidement à côté de sa cousine Colette elle-même assoupie. Fanny et l'aînée de ses petits enfants aimaient cet instant heureux où elles étaient seules sans l'être, communiant dans ce monde imaginaire où les bergères épousent des rois.

* *
*

Quand l'aïeule reconduisit les enfants rue de Gravelines, Antoinette avait fini de nettoyer le sac et les serviettes.

— J'en ai eu du mal à tout ravoir… Mais, au fait, Miette, tu ne m'as pas rendu la monnaie, ce matin ? dit-elle en tendant la main vers l'enfant.

— Maman, tu m'as dit que je pouvais garder le sou des commissions…

— Oui, c'est vrai, mais pas celui de l'huile. De toute façon, tu ne l'as pas mérité, celui-là.

— Antoinette, tu ne crois pas que… commença Fanny avant de se mordre les lèvres.

Elle s'arrêta net. Sa fille avait déjà autre chose en tête et Miette répondait simplement :

— C'est vrai maman, celui-là, je ne le mérite pas. Je ferai bien attention la prochaine fois.

L'enfant retrouva la pièce dans la poche de son manteau. Elle la tendit à sa mère qui la mit dans son porte-monnaie, sans commentaire.

Fanny soupira sans savoir si c'était de soulagement ou de désespoir.

# V

## Les cadeaux

On n'entendait que le poêle à charbon qui ronflait au milieu de la classe silencieuse. Dehors il faisait froid, et, bras croisés sur la table, tête dessus, les petits essayaient de retrouver leur souffle après la marche dans la neige apparue avant l'heure. Ils avaient tous de grosses chaussettes tricotées à la main en guise de pantoufles. Leurs lourdes chaussures séchaient au fond de la classe, loin du feu pour ne pas durcir davantage. Madame Ponchelle, l'institutrice, avait promis aux enfants une surprise après la sieste, s'ils étaient sages en ce jour de la Saint-Nicolas.

Dans la semaine, Miette avait lorgné sur les pains d'épices exposés dans la vitrine du boulanger mais sa mère lui avait dit que ce n'était pas encore le moment des friandises. Il fallait attendre que saint Nicolas passe dans les rues avec son âne. Elle avait ajouté qu'on le suivrait avec des lampions qu'on ferait dans des betteraves. Après y avoir creusé un nez, une bouche et des yeux, on y mettrait une bougie.

Mais Maxime, le père de l'enfant, n'avait pas ramené de betteraves. Personne n'en avait. Les paysans ne voulaient pas en donner, parce qu'ils les vendaient aux grossistes qui les livraient aux sucreries. Il n'y en avait même pas dans les magasins. Tant pis. On regarderait les gamins qui en avaient trouvé chez une tante ou un oncle fermier à Saint-Georges, et qui suivraient l'âne de saint Nicolas. Pour l'année d'après, Maxime s'était fait le serment de planter de grosses betteraves sucrières dans son bout de jardin, mais en attendant, il était revenu bredouille.

L'après-midi du grand jour donc, après la sieste des enfants, têtes posées sur les bras croisés, madame Ponchelle avait pris un air malicieux pour leur annoncer quelque chose d'incroyable :

— Aujourd'hui, la mairie de Gravelines vous offre un cadeau pour la Saint-Nicolas.

Madame Germaine, la femme de service et mademoiselle Leroy se tenaient derrière elle avec chacune une grande boîte dans les bras. Elles l'ouvrirent et elles passèrent dans les rangs.

Émerveillés, les enfants découvrirent des quartiers de fruits juteux, dorés, au goût sucré -piquant. Miette qui se souvenait de l'orange qu'elle avait reçue le matin de Noël l'année précédente, voyait bien qu'il s'agissait d'autre chose. Elle demanda :

— C'est quoi ? Ça s'appelle comment ?

Madame Ponchelle occupée par un enfant qui avait avalé un pépin de travers, répondit :

— Un cadeau.

« Ah ? Un fruit qui s'appelait *uncado* ? C'est amusant », se dit l'enfant. Et elle n'y pensa plus.

À la sortie de l'école, sa grand-mère vint la chercher pour suivre l'âne arrivé sur la grand-place. Il n'en fit qu'à sa tête, sans vouloir aller au pas lent que demandait Saint Nicolas. Et la fête fut gâchée de toute façon par la neige qui tourna en pluie.

Fanny emmena sa petite-fille chez elle. Julien surveillait Colette qui fit fête à sa cousine. À l'étage, on entendait la petite Blandine qui pleurait. La fille de Maurice et d'Irène, née sans façon un mois après Mimi, avait le tempérament un peu chagrin. Mais Fanny interdit à Miette de monter. Il fallait laisser le jeune couple tranquille. L'enfant haussa les épaules mentalement sans oser s'opposer ouvertement à sa grand-mère.

Quand elle revint chez elle, elle raconta que la mairie avait fait distribuer des *uncados*. Personne ne prit la peine de demander de quoi il s'agissait. Même pas Maryvonne restée à la maison ce jour-là parce qu'elle toussait ! Miette ne s'en soucia pas sur le moment, elle pensait déjà à autre chose. Elle voulait trouver un moyen pour faire l'ange à la fête de la Noël. Elle avait remarqué que la lettre J, de Julien, ressemblait à une aile à l'envers. Il suffirait de trouver du carton pour y découper la forme en double et de le plier pour avoir les deux ailes reliées par la partie centrale. Elle expliqua à sa mère. Mais Antoinette donnait le sein à Mimi. Elle avait bien autre chose en tête. Elle n'écouta pas.

Alors, l'enfant, pour la première fois de sa vie, eut l'impression que personne ne s'occupait d'elle dans sa propre maison. Elle se dit que seule sa grand-mère l'écoutait. Comment aurait-elle pu comprendre les angoisses de sa mère qui se demandait si elle n'était pas enceinte à nouveau ?

Miette prit le journal resté sur le buffet. Elle le mit par terre sous la table, où elle s'allongea en dépassant un peu sur la droite de façon à bénéficier de la lumière. C'était son château, le lieu où elle se sentait chez elle. Elle s'absorba dans la contemplation de la bande dessinée de Cendrillon. Elle repérait les lettres et elle les reliait les unes aux autres. Bientôt plus rien n'eut d'importance autour d'elle. Elle était la princesse aux tout petits pieds tenant tête à un monstrueux chat qui n'aimait que les laiderons.

La porte s'ouvrit sur Maxime qui souhaita le bonsoir à la ronde. Miette se leva pour l'embrasser la première. Il rentrait un peu plus tard que d'habitude. Il donna un baiser à chacun avant de chuchoter quelque chose à l'oreille de sa femme. Un moment après, curieusement, Fanny faisait son entrée avec Colette sur le dos.

— Qu'est-ce qu'il y a, grand-mère ? demanda Miette en se précipitant vers elle.

— Ah rien, j'ai oublié mon cache-nez tout à l'heure en t'amenant.

La vieille femme avait l'air d'une conspiratrice. Et c'est ce qu'elle avait l'impression d'être. Elle revenait à la demande de son beau-fils qui était passé chez elle avant de rentrer à sa maison.

Antoinette faisait chauffer du vin chaud.

— Papa est resté tout seul ? Pourquoi il ne vient pas ?

— Tu sais bien que ton père n'aime pas tout ça, ma fille, répondit Fanny tout en enlevant le manteau de Colette et le sien.

Miette profitait de la douceur du moment, pressentant quelque chose de singulier. Jamais sa grand-mère ne revenait au soir tombé, surtout après être venue déjà la reconduire. Et jamais sa mère ne faisait de vin chaud comme ça, sans raison. L'enfant aimait cette odeur puissante qui faisait tourner les têtes. Les grands parlaient entre eux à mots couverts. Les petits babillaient. Mimi le nourrisson s'endormait dans son panier Moïse posé sur la table. Miette ne se demanda même pas pourquoi sa mère avait sorti le petit frère de son berceau. Elle savourait seulement l'instant en se réjouissant de ne pas devoir le balancer dans le noir de la chambre pendant un long moment pour l'endormir.

Chacun parlait ou babillait donc quand quelqu'un frappa trois coups à la porte. Maxime alla ouvrir. Il s'exclama aussitôt :

— Ah mais ! C'est saint Nicolas !

Comment était-ce possible ? Les enfants se turent immédiatement. Vêtu de rouge, la barbe blanche comme de la laine de layette, un énorme balluchon sur l'épaule, quelqu'un, qu'on ne reconnut pas, entrait lentement.

— Alors les petits enfants, est-ce que vous êtes bien sages ?

Seul Martin fit oui de la tête. Les trois filles : Miette, Maryvonne et leur cousine Colette étaient ahuries. Les yeux écarquillés, elles ne quittaient pas le bonhomme des yeux. Elles semblaient figées, bouche ouverte.

— Alors, les enfants, vous êtes sages ?

Les fillettes se mirent à secouer la tête de haut en bas avec frénésie.

— Ah, je me disais aussi… Alors, puisque vous êtes sages vous avez droit à un cadeau.

*Uncado* ? Encore ? Quelle chance, se dit Miette.

Saint Nicolas posa son gros sac sur la table. Il en sortit un paquet enveloppé dans du papier journal. Il le tendit à Martin qui déchira l'emballage en riant avant de brandir fièrement un petit ours en peluche qu'il couvrit de baisers. Puis ce fut au tour de Colette qui reçut une poupée de chiffons qu'elle serra contre elle comme un trésor. Maryvonne eut droit à un panier en osier dans lequel elle découvrit une superbe dînette dont chaque élément était enveloppé dans du papier bleu, doux et fin.

Mais, quand le sac posé sur la table sembla complètement vide une fois retiré le cadeau de Mimi : une grosse couverture tricotée pour mettre par-dessus le berceau, Miette retint sa respiration. Se pouvait-il que saint Nicolas l'ait oubliée ? Oui, sans doute, puisqu'il retournait vers la porte sans la regarder. Des larmes affluèrent sur le visage de la fillette qui se décomposa. Voilà, elle avait cassé la bouteille d'huile sur le trottoir, elle était punie.

Elle aurait voulu se sauver pour que personne ne puisse voir son chagrin, mais ce n'était pas possible. Fanny, qui l'avait vue baisser la tête et se tordre les mains, s'avançait vers elle quand saint Nicolas rouvrit la porte. Il tenait à bout de bras un très grand paquet mince mais encombrant.

Il demanda d'un ton bourru :

— C'est bien Miette qui aime lire et écrire ?

L'enfant faillit s'étrangler de surprise. Elle ravala ses larmes pour répondre oui.

— Ah, bon. Alors, c'est pour toi, petite fille.

Elle n'en croyait pas ses oreilles, Miette. Elle tendit les bras vers saint Nicolas sans un mot, étouffée par une joie soudaine. Elle arracha l'emballage fait de feuilles de *La Voix du Nord* tenues par une ficelle. Et là, vraiment, elle n'en revint pas. C'était, posé sur un pied, un petit tableau noir en ardoise avec une craie pendue par une cordelette sur le côté.

La gamine resta immobile un moment avant de s'écrier : « Merci, saint Nicolas ! ». Elle n'osa pas l'embrasser mais elle l'aurait bien fait. Elle prit la craie et d'une main malhabile, elle écrivit son nom : Miette Fournier. Chacun admira. Même Paul, le cousin d'Antoinette venu jouer le rôle de saint Nicolas, fut surpris par la réaction de l'enfant.

À partir de ce soir-là, l'enfant fit la classe à ses frères, à sa sœur et à Colette à chaque fois que c'était possible.

Mais sa grand-mère ne voulut jamais se plier au jeu.

Elle aurait eu bien trop honte de montrer à ses petits-enfants qu'elle ne savait presque plus ni lire ni écrire. Tout juste arrivait-elle encore à signer : Fanny Dubar quand c'était nécessaire.

## VI

## Noël

Le 24 décembre fut marqué par une chute de neige particulièrement abondante. Fanny avait beaucoup hésité avant d'aller chercher Miette pour assister à la messe de minuit, mais elle savait que sa petite-fille aurait un chagrin abominable si elle ne le faisait pas. Ce qui était promis était promis !

En attendant sa grand-mère, la fillette avait résisté au sommeil, bien au chaud sous les couvertures, allongée à côté de sa petite sœur. De temps en temps, elle lui donnait un léger coup de coude pour s'assurer qu'elle était endormie. Maryvonne répondait par un grognement en se tournant de l'autre côté. Miette savait alors que tout allait bien. Elle avait failli s'endormir elle-même plusieurs fois. Mais son désir de courir à la cérémonie était plus fort. Elle voulait voir l'arrivée de l'enfant Jésus. Elle voulait observer le petit serviteur en bois d'ébène revêtu d'or et de pourpre placé devant la crèche illuminée. Elle voulait le voir bouger la tête de haut en bas pour dire merci quand elle glisserait un sou dans le tronc qu'il tenait entre les mains. Elle voulait entendre les chants repris par la foule. Elle voulait sentir l'encens. Elle voulait manger le pain béni distribué à la sortie de l'église. Et, surtout, elle voulait porter ses ailes d'ange que son grand-père avait confectionnées dans du carton peint en blanc.

Au bout d'un long moment, l'enfant entendit des voix assourdies venant de la cuisine. Elle se leva avec précaution, elle ouvrit la porte tout doucement. Elle était sur les quatre marches de l'escalier qu'elle rêvait de soulever un jour, quand Fanny la prit dans ses bras en disant « Chut ».

Bien emmitouflées, l'aïeule tenant sa petite-fille d'une main, et le sac contenant les ailes de l'autre, elles coururent jusqu'à l'église. La lumière tournante du phare là-bas sur le port n'arrivait pas jusque dans les rues et les lampadaires restaient trop peu nombreux. On était chichement éclairé mais la réverbération de la neige donnait l'impression qu'on y voyait bien. Leurs pas galochés crissaient comme ceux des autres gens qui allaient dans la même direction. C'était des appels joyeux de partout. Des boules de neige qui volaient et des « Arrêtez, les gamins, vous ferez ça plus tard, c'est pas le moment ». Certains avaient un sac dans lequel on devinait des ailes bricolées. C'était une idée de madame Ponchelle et de mademoiselle Leroy pour faire participer les enfants du village.

Quand Fanny et Miette arrivèrent, il faisait froid dans l'église malgré le gros poêle à charbon placé à l'entrée pour adoucir l'air venant de l'extérieur. Mais personne n'y prenait garde. Chacun avait revêtu ses plus chauds vêtements d'hiver. Et tous, ou presque, portaient des galoches. Les plus chanceux avaient fait poser dessous des semelles découpées dans de vieux pneus de vélos pour amortir le bruit.

Fanny eut à peine le temps d'ajuster les ailes de Miette et de la conduire dans le chœur où les anges étaient assis. C'était la plus jeune de tout le groupe. Les autres petits n'avaient sans doute pas eu la force de résister au sommeil.

Puis l'aïeule se faufila vers le côté gauche de l'allée centrale réservé traditionnellement aux femmes. Elle y retrouva sa cousine Zabelle qui avait eu bien du mal à lui réserver une chaise.

Quand monsieur le curé entra, suivi des enfants de chœur et des jeunes gens qui figuraient Marie, Joseph, les bergers et les grands archanges, on se leva et on fit silence. Serrés les uns contre les autres, on ne sentait plus la froidure.

L'harmonium donna le ton. La chorale entama le premier chant. Fanny regarda sa petite-fille. Elle sut que Miette absorbait tout par les yeux et les oreilles et que quelque chose en elle s'émouvait comme en elle-même. Mais pas pour les mêmes raisons sans doute. L'enfant s'émerveillait du spectacle. Fanny, elle, se souvenait des disparus qu'elle avait aimés. Sa fille Raymonde surtout, qu'elle n'admettait toujours pas d'avoir vu mourir à vingt-trois ans en laissant Colette derrière elle, Éléonore sa mère et les amis d'avant la guerre... Ils avaient tous fréquenté cette église. Ils avaient tous entonné ici le « Il est né le divin enfant... »

Fanny dut se faire violence pour ne pas pleurer. Elle n'arrivait pas à chanter. Ce n'était pas possible. Sa peine était encore trop lourde. Un jour, peut-être. Pour le moment, le temps de l'apaisement n'était pas arrivé. Elle se contenta de suivre la messe avec attention. Au moment où le prêtre secoua l'encensoir par ses chaînes réunies en leur milieu, main droite élevée le plus haut possible, tandis que la gauche, plus bas, en tenait les extrémités, un enfant de chœur fit un bruit d'enfer en secouant des clochettes soudées les unes aux autres.

Fanny surprit Miette en train de respirer l'encens à plein poumon avec délectation au lieu de baisser la tête pour prier. Elle sourit à sa petite-fille qui ne le vit pas.

Un peu plus tard, après la communion, monsieur le curé alla bénir les angelots agenouillés dans le chœur. Du pouce, il dessinait une croix sur le front de chaque enfant qui se tenait bras croisés sur la poitrine. Au fur et à mesure de l'avancée du prélat on les voyait se relever et s'asseoir. Bientôt, il n'en resta plus qu'un seul agenouillé. C'était Miette.

Et l'incroyable se produisit : monsieur le curé retourna à l'autel sans la voir. La fillette eut un coup au cœur. Ce n'était pas possible. Pourquoi n'avait-elle pas droit à la bénédiction comme tout le monde ? Est-ce que monsieur le curé lui faisait une farce comme saint Nicolas qui avait fait semblant de partir ? Mais non, ce n'était pas une farce. Monsieur le curé reprenait sa place, dos à l'assemblée et personne ne se souciait d'elle.

Personne ? Si.

Fanny s'était rendu compte.

Son sang n'avait fait qu'un tour et elle avait bondi. Zabelle n'avait pas eu le temps de la retenir, elle était déjà à la petite barrière en bois sculpté qui fermait le chœur sur toute la largeur.

Il y eut un « oooohhh » dans l'assemblée qui décréta que Fanny Dubar avait sûrement bu du vin chaud avant de venir à l'église. Avait-on déjà vu ça ? Quelqu'un qui osait troubler la messe de Noël ? Qu'est-ce qui lui arrivait ?

— Psitt, psitt, faisait-elle dans le dos du curé qui n'entendait que le chant repris par tous.

Un enfant de chœur à l'oreille plus fine se retourna. Elle lui montra du doigt sa petite fille toujours agenouillée et, sans émettre le moindre son, elle articula exagérément : « Dis-le au curé. »

Le gamin répondit de la même façon : « Non, c'est pas possible. »

Alors, Fanny fit mine d'ouvrir la barrière pour aller jusqu'au prêtre. L'assemblée poussa un « Aannh » d'indignation, juste au moment d'une pause de la chorale. Le curé s'étonna. Il se retourna à son tour. Fanny lui adressa son plus beau sourire et elle lui montra Miette du doigt. Le curé répondit à son sourire. Il troubla la cérémonie en disant :

— En ce beau jour de Noël, il est interdit d'oublier les enfants.

Et, devant les yeux ébahis des paroissiens, le prêtre se dirigea vers le petit ange aux ailes de carton. Miette n'en revenait pas. Elle reçut la bénédiction en tremblant de tous ses membres.

Fanny Dubar retourna à sa place, tête haute et sourire aux lèvres. Les chuchotements allèrent bon train. Elle les ignora. Le regard que sa petite-fille lui avait lancé valait tous les ragots. Elle entama le « Il est né le divin enfant » avec la foule. Il lui parut le plus beau chant du monde malgré les chanteurs qui faisaient des trémolos à n'en plus finir. Et la layette dépareillée, tricotée et disposée devant la crèche par les dames de la paroisse pour le premier enfant né après minuit, lui sembla merveilleuse.

Avant de sortir de l'église, elle donna deux piécettes à Miette pour le tronc du petit serviteur en bois d'ébène. Il balança la tête longtemps en remerciement.

Et sur la route du retour, la petite fille se serra simplement contre sa grand-mère. Les mots étaient inutiles entre elles.

# VII

## Janvier

Le mois de janvier étoilait les vitres givrées. Le matin, Antoinette se levait la première pour ranimer le feu. Malgré les remarques de Maxime qui aurait préféré la voir encore au lit, elle y tenait absolument.

— Pas question de te laisser partir dans le froid sans rien dans le ventre.

— Je pourrais faire mon casse-croûte moi-même…

— Et te lever encore plus tôt ? Non, non, c'est très bien comme ça. J'aime moudre le café et le passer. Quand je serai vieille on verra, mais pour l'instant c'est comme ça. Et de toute façon par le temps qu'il fait, tu ne vas pas te laver dans le froid, non ? Moi, j'aurai tout mon temps après.

Alors, c'était devenu un rituel. Maxime se levait quand il sentait l'odeur familière et rassurante du café à la chicorée. Ils buvaient leur première tasse ensemble dans le silence ronronnant du feu à charbon et ils étaient bien. Depuis leur rencontre, ils aimaient être ensemble. Chacun pensait en son for intérieur que c'était sans doute ça le bonheur. Avoir une petite maison à réchauffer tous les matins, de beaux enfants en bonne santé et un métier qui permettait de les nourrir. Mais Maxime sentait bien qu'il était temps qu'il ait un travail aux horaires moins contraignants.

Il partait dans le froid jusqu'au chenal. Il y retrouvait tous ceux qui attendaient la première canote pour travailler de l'autre bord. Le passeur était alternativement une semaine sur deux, un du Grand-Fort ou un du Petit-Fort. Et le sens de traversée se faisait en premier selon le gars. D'un côté on traversait surtout pour aller chez les mareyeurs ou aux saurisseries, de l'autre pour aller à la retorderie.

En ce début de janvier, on avait du mal à se reconnaître dans les emmitouflements rendus nécessaires par la température sibérienne. Quelqu'un dit soudain :

— Si ça continue, on pourra plus passer. La glace va se former dans le chenal. Et la canote sera prise dedans.

— Y aura qu'à la casser fieu, répondit un vieux qui avait fait campagne à Islande dans son jeune temps.

— Ouais, facile à dire…

La canote arrivait, chargée des ouvrières de la retorderie. On plaisanta en les aidant à sortir. Elles étaient gelées de la tête aux pieds.

— Vous plaignez pas, les filles. À votre usine, il fait chaud. À la mienne, il fait encore plus froid qu'au dehors, fit remarquer une femme qui travaillait à la salaison chez Talleux au Grand-Fort…

— Chacun sa misère, allez…

Maxime donna un coup de main au passeur en godillant à l'arrière. Valait mieux se bouger. Malgré le café, les tartines au saindoux, la vraie canadienne en cuir récupérée dans un stock américain à la libération et le gros cache-nez, il avait froid lui aussi.

Il fut bien content d'arriver au fournil tiède et odorant de la boulangerie. Il salua l'autre ouvrier, collègue et camarade depuis l'adolescence, qui lui tendait une main déjà enfarinée.

— T'as une petite mine, mon vieux. Qu'est-ce que tu as ?

— Moi, rien, répondit Robert. C'est ma femme qui supporte pas d'avoir fait une fausse couche si vite après notre cinquième… alors elle n'arrive pas à dormir et moi non plus du coup.

Leur patron, Adrien Théry, leva juste la tête du pétrin qu'il venait de mettre en route pour demander :

— Et toi, Maxime, ça va ? T'es sûr que tu veux devenir gendarme ?

— Pas gendarme ! Policier, patron ! Pourquoi vous faites toujours exprès de vous tromper ? Mais de toute façon, je ne sais pas si je vais réussir le concours. Si je l'ai pas, je ne suis pas prêt à trouver quelque chose d'autre pour plus travailler de si bonne heure ! Vous savez bien que j'aime être boulanger, mais que pour ma femme, ça devient difficile.

— Ah, décidément, vaudrait mieux embaucher des célibataires ! Bon, allez, n'empêche que je vais te regretter, garçon, dit Adrien Théry d'un air sincère.

Il ajouta en montrant Robert du menton :

— Surtout si ton pote, là, il part aussi.

— Ah ? C'est vrai Robert ? s'étonna Maxime.

— Je ne sais pas trop encore. Le boulanger Merlin, il voudrait que j'aille travailler chez lui. Il me propose une bonne augmentation. Je préfère être honnête et le dire.

— Ça me fend le cœur, Robert, mais tu sais bien que je n'ai pas les moyens de ce salaud de Merlin qui veut te débaucher. Et je ne peux pas t'en vouloir si tu choisis un meilleur salaire. Avec tes cinq gosses, je comprends. T'en fais pas, je ne t'en voudrai pas. Mais ce sera un gros coup pour moi. J'aurai plus qu'à former des nouveaux ouvriers, répondit le patron qui se retenait pour ne pas montrer son désarroi.

— Je connais un type qui cherche du boulot et qui n'est pas manchot. Je peux lui dire de venir vous voir ?

— Entendu, Maxime. Dis-lui demain après-midi. Je serai là.

Tout en tenant conversation, les trois hommes travaillaient dans un accord parfait. Adrien vérifiait le pétrissage, Robert préparait les couches de grosses toiles, Maxime commençait le pesage des pâtons. On sentait l'odeur de la levure fraîche et celle du bois qui brûlait sous le four pour l'amener à bonne température. Le temps coula tranquillement jusqu'à l'arrivée de Marie, la femme du patron qui disait bonjour d'une voix haut perché qu'on reconnaissait entre mille.

— J'ai fait du café, vous en voulez ?

— Avec plaisir, Marie.

Elle revint avec la cafetière, les tasses et le sucre. Elle posa des questions à l'un et à l'autre, jusqu'au moment où Adrien dit :

— Si tu veux pouvoir servir tes clients tout à l'heure Marie, faut nous laisser défourner.

La bonne odeur du pain chaud et croustillant envahit le fournil. Maxime avait un vrai plaisir à manier la longue pelle étroite qui allait débusquer un par un, d'un coup sec et précis, les grosses miches, les flûtes, les pistolets ou les bâtards avant de rester en équilibre entre le rebord du four et le tréteau prévu à cet effet.

Maxime alors saisissait prestement le pain brûlant qu'il plaçait dans le panier en osier adéquat. Arrondi et tout en hauteur pour les flûtes, plat pour les petits pains, rectangulaire pour les autres. L'habitude seule l'empêchait de se brûler les mains. Il aimait être boulanger. La pensée du concours lui traversa l'esprit en le chagrinant. Saurait-il être policier longtemps ? Il ne pouvait répondre à cette question.

# VIII

## L'affront

MAXIME PASSA ENFIN LE CONCOURS. Toute la famille attendit les résultats avec impatience. Fin février, c'était fait : Maxime était parmi les premiers de sa promotion. Il pouvait intégrer l'école de la police.

Son patron, qui avait trouvé sans mal un nouveau garçon boulanger, ne fit pas d'histoire. Il lui donna congé en le félicitant. Il le gratifia même d'une bonification sur son dernier bulletin de paie.

Une autre vie commença. Maxime acheta une moto pour se rendre au centre d'instruction à Dunkerque. L'autobus l'aurait obligé à partir le matin à 5 heures et demie. Ce n'est pas qu'il redoutait de se lever aux aurores ; un boulanger en a l'habitude ; mais c'était pour ne pas réveiller Antoinette trop tôt. Elle tenait absolument à continuer à lui préparer sa gamelle avant qu'il ne parte. Il revenait en fin d'après-midi. L'hiver s'était radouci et il pouvait rouler bon train.

Alors, chacun prit l'habitude de le voir plus souvent. Quelquefois, des voisins venaient le chercher pour régler un conflit. Il répondait qu'il n'était pas encore policier. Selon les gens, on le comprenait ou bien on l'insultait. Il ne supportait pas que certains le traitent de « Pétain ».

Pendant longtemps, Miette se demanda ce que voulait dire ce mot qui mettait son père dans des colères noires. Sa mère lui répondait toujours : « C'est compliqué. Tu comprendras quand tu seras grande ». Et même sa grand-mère lui disait la même chose. L'enfant finit par ne plus y penser.

Mais un jour, dans la cour de récréation, un grand, bête comme ses pieds, la bouscula au moment où elle s'apprêtait à entrer dans la corde à sauter que deux autres gamines faisaient tourner à bout de bras. Elle s'étala les quatre fers en l'air. En se relevant, les genoux meurtris, elle cria au gamin qui se gondolait de rire :

— Méchant ! Je vais le dire à mon père.

— C'est ça, et qu'est-ce qu'il va me faire Maxime Fournier ? Il va m'envoyer en déportation ? Comme un Pétain qu'il est ?

Elle rougit sous l'insulte. Elle ne comprenait pas le sens réel du mot mais elle sentait qu'il était vilain. Elle ne pouvait pas donner une trempe au garçon plus grand et plus fort qu'elle. Et elle ne pouvait pas raconter à mademoiselle Leroy ; le mot à répéter lui semblait trop infamant.

Alors elle imagina comment elle pourrait venger son père. Il fallait faire disparaître le méchant. Mais de quelle façon ? Elle aurait bien appelé toutes les fées Carabosse et tous les dragons des histoires que la maîtresse d'école lisait chaque après-midi. Mais elle ne connaissait pas les formules magiques pour les faire apparaître. Elle aurait pu le pousser dans l'Aa où il se serait noyé comme les petits chats qu'on y jette quand ils sont trop nombreux. Mais elle n'en avait pas la force. Le garçon faisait une tête de plus qu'elle.

Le hasard voulut que le jour même, mademoiselle Leroy racontât l'histoire du Petit Poucet. L'étincelle jaillit.

Dès lors, Miette se mit à ramasser les plus jolis petits cailloux qu'elle voyait dans la cour de récréation ou en bordure des jardins. Elle les gardait dans sa poche de tablier et le soir, elle les lavait et elle les essuyait proprement. Elle vérifiait qu'ils étaient bien arrondis et que leur couleur était tendre.

Elle réclama une petite boîte vide à sa grand-mère qui avait l'habitude de garder les emballages.

— Pour quoi faire ?

— Une surprise.

Puis elle se mit à collectionner tous les papiers qui entouraient les bonbons. C'était difficile parce que ceux à la forme et au goût de violette que sa grand-mère achetait quelquefois n'en avaient pas. Pareil pour les pastilles Valda que mâchait son grand-père. Et pareil aussi pour les autres achetés en vrac chez Adélina. Sa mère, Antoinette, n'avait pas de sous pour les friandises plus chères emballées une par une. Et de toute façon, on mangeait très peu de sucreries à la maison. Elle pensa à prendre les quelques sous qu'elle gardait des commissions pour en acheter. Mais ce n'était pas possible. Elle avait vraiment trop envie de manger des cerises quand il y en aurait chez Courco et elle savait qu'il lui faudrait beaucoup de pièces pour en avoir.

Alors, elle se mit à marcher tête baissée pour trouver des papiers d'emballage jetés par terre aux portes des magasins. En une semaine, elle en récupéra trois devant chez Colin, deux à la Coop, et deux encore devant chez Salomé. Il y en avait assez.

Elle les défroissa soigneusement et elle profita d'un jour de repassage pour demander à sa mère de leur donner un coup de fer.

— N'importe quoi ! Qu'est-ce que tu inventes encore, ma fille ?

— Rien, m'man. C'est pour qu'ils ressemblent à des nouveaux.

Antoinette leva les épaules, les yeux au ciel, devant la lubie de sa fille mais elle s'exécuta.

— Tiens. Fais attention, c'est encore chaud.

— Merci, m'man. Hum, on sent encore l'odeur des bonbons, répondit la gamine le nez dans les emballages que la chaleur avait réveillés.

Elle plaça un petit caillou ovale ou rond à l'intérieur de chacun. Elle les referma comme des papillotes. Et elle plaça le tout dans la grosse boîte à allumettes que Fanny lui avait donnée.

Le lendemain matin, elle attendit la récréation avec impatience. Elle s'arrangea pour se rapprocher du garçon qui l'avait fait tomber.

— Pourquoi tu racontes des méchantes choses sur mon père ?

— Bah, comme ça. Mon oncle dit que tous les policiers sont des Pétain.

— Qu'est-ce que ça veut dire ?

— Que c'est des vendus.

— Par qui ? Qui est-ce qui vend des policiers ?

Le gamin se mit à rire de toutes ses dents.

— T'es vraiment cloche. Vendu, ça veut dire pourri.

— Comme les légumes quelquefois ? Mon père n'est pas un légume.

Le garçon s'étranglait de rire.

— T'es trop petite pour comprendre, allez. On fait la paix.

— D'accord. Tu veux un bonbon ? dit Miette en sortant la boîte de sa poche de tablier.

— Ben oui, cette question !

— Tiens. Choisis.

Mademoiselle Leroy annonçait la fin de la récréation en claquant des mains.

— En rang, les enfants, en rang !

Le garçon n'eut que le temps de déballer le papier sans voir ce qu'il mettait dans la bouche. Mademoiselle Leroy le regarda sévèrement.

— On ne mange plus. Dépêche-toi d'avaler.

Le garçon voulut sentir le goût du bonbon d'abord. Il croqua et crac ! Il perdit une dent qu'il recracha avec le caillou dans un flot de sang.

L'institutrice qui le surveillait d'un œil arriva tout de suite.

— Qu'est-ce qu'il se passe ?

Le gamin hurlait comme si on l'avait assassiné. Il désignait Miette du doigt.

— C'est elle, mademoiselle, c'est elle, elle a voulu me faire manger un caillou.

La petite fille ne savait plus où se mettre. La dent et le sang crachés lui faisaient réaliser la gravité de son acte.

— Ouvre la bouche, gamin. Montre.

Il s'exécuta.

— Bon, ça ira. Tu as simplement perdu une dent de lait. Mets-la sous ton oreiller ce soir pour la petite souris. Elle te donnera un sou en échange.

Et se tournant vers la fillette, l'institutrice ajouta :

— Pourquoi tu as fait ça ?

— Parce que… il m'a dit des gros mots hier… il a traité mon père de…

Et la gamine raconta tout devant tout le monde. Chacun se taisait pour mieux écouter. Mais parce qu'il faisait froid, mademoiselle Leroy fit entrer les enfants en classe avant de répondre. Puis elle leur demanda de s'asseoir sagement.

Elle leur raconta l'acharnement du Maréchal Pétain envers les juifs pendant la guerre et le rôle qu'avait joué la police française dans leur arrestation.

— … mais le père de Miette n'est en rien responsable de ce qui s'est passé pendant l'Occupation. Et le métier de policier est un métier honorable qui sert à la bonne marche du pays… Alors, toi, mon garçon, tu vas présenter tes excuses à Miette. Toi, ma fille, tu me rendras cinq bons points pour mauvaise conduite…

Le gamin s'exécuta du bout des lèvres et Miette dit oui de la tête. Mademoiselle Leroy allait conclure sur un « Je ne veux plus entendre parler de quoi que ce soit à ce sujet… » quand une enfant leva le doigt :

— Et une putain, mademoiselle, qu'est-ce que c'est ?

— Pourquoi tu demandes ça ?

— Parce que ma mère dit que sa cousine était une putain pendant la guerre et qu'elle a eu les cheveux tondus à cause de ça.

Mademoiselle Leroy réfléchissait à la réponse possible quand un autre enfant ajouta :

— Est-ce que « Putain » c'est la même chose que « Pétain » ?

La maîtresse d'école se dit que ces deux mots qui rimaient avec « vilain », allaient lui donner du fil à retordre ! Elle avait raison. Pour les gamins comme pour leurs parents à qui ils empruntaient ces mots, forcément, l'amalgame des deux semblait évident. Il lui fallut bien de la patience pour démêler le tout. Elle poussa un « ouf » de soulagement quand l'heure de la sortie arriva. Mais elle n'oublia pas de dire un mot à Fanny de toute cette histoire. Si bien que sur le seuil de l'école, Miette reçut la seule fessée que sa grand-mère lui donna de toute sa vie.

— On n'a pas le droit de vouloir faire mourir quelqu'un, même s'il est bête comme ses pieds. C'est un assassinat. Et puis, en plus, tu te rends compte ! S'il était mort, tu serais en prison pour toute ta vie ! Tu aurais fait mourir tes parents de chagrin. Et moi aussi, ajouta-t-elle en attirant sa petite-fille en pleurs contre elle.

L'enfant s'enfouit le visage dans le tablier de sa grand-mère et elle sanglota jusqu'à la maison

Mise au courant, Antoinette jugea que sa fille avait été suffisamment punie, elle n'ajouta rien. Mais elle se dit, en souriant intérieurement, que sa fille, qui était si jeune encore, avait un sens aigu de l'affront et de l'honneur.

# IX

## Colleret

Les enfants poussaient bien autour de Fanny qui remerciait le ciel chaque matin de leur avoir donné la santé.

Même Colette, née avant terme, se développait et se dégourdissait jour après jour. Au début du mois de mars, il y avait bien eu ce chagrin de la voir partir chez son père, René Vérove, débarqué pour quinze jours, mais c'était son droit le plus absolu ! Le dimanche soir, comme convenu avant de réembarquer à Boulogne, il avait ramené sa gamine, en disant à ses beaux-parents :

— Il faudrait que je pense à vous donner une pension pour elle. Je suis trop souvent en mer pour m'en occuper vraiment.

— On verra ça plus tard, avaient répondu Julien et Fanny d'une même voix, trop contents de revoir leur petite fille qui s'était jetée spontanément dans leurs bras ; ce qu'elle n'avait jamais fait auparavant.

À partir de ce moment, la vie avait repris d'une autre façon. Une sorte de douceur enveloppait Fanny, comme une pause après les tourments de la guerre et du deuil.

Si bien qu'en ce matin du mois d'avril, Fanny chantonnait quand le facteur apporta une lettre.

Elle venait des Lemaire qui avaient recueilli la famille en 1944 chez eux à Colleret. À cette époque, persuadés que les alliés débarqueraient sur le littoral du Nord, les Allemands avaient obligé les gens des Fort-Philippe à quitter leurs maisons avant de les dynamiter pour avoir vue directe sur la plage.

Julien lut la lettre avec solennité. Monsieur Lemaire expliquait que sa femme et lui, seraient bien contents de revoir Miette née dans leur maison et de faire la connaissance de ses frères et sœur, mais l'âge de sa belle-mère les empêchait de venir comme ils l'avaient promis. Alors, est-ce que Maxime pouvait faire le voyage en train jusqu'à Colleret avec Miette ? Elle devait être assez grande maintenant.

La lettre raviva des souvenirs encore tout frais dans la mémoire de Fanny. Elle demanda à Julien de la relire. Puis elle partit la montrer à Antoinette.

Maxime était là, occupé à préparer des semis pour le jardin. Il écouta attentivement.

— J'aimerais bien y aller. Ce serait même possible en juin pendant la semaine de repos que j'aurai avant mon affectation à Dunkerque ou à Calais… Mais toi, Antoinette, qu'est-ce que tu en penses ?

— Pourquoi pas ? Si maman peut venir me donner un coup de main à ce moment-là…, dit la jeune femme en regardant successivement son homme et sa mère.

— Bien sûr, ma fille, assura Fanny.

— Bon, alors, je suis d'accord. Vas-y, Maxime. La date me convient. J'aurai le temps de faire coudre une robe ou deux à Miette. Elle n'est pas bien grande mais elle ne peut plus mettre celles de l'an dernier. J'en profiterai pour rhabiller Maryvonne également.

Ainsi fut décidé. Pendant que Maxime ou Fanny surveillait les plus jeunes, Antoinette courut les marchés du Grand-Fort et de Gravelines pour trouver du tissu. Elle en acheta un bleu et un autre, couleur sable. Elle alla jusqu'à prendre deux festons : un blanc et un rouge qui trancheraient bien dessus, comme le voulait la mode du moment. Elle eut l'impression de rajeunir. Il y avait tellement longtemps qu'elle n'avait plus eu l'occasion de flâner seule. Comme c'était bon de rencontrer l'une ou l'autre de ses connaissances et de prendre des nouvelles de chacun sans se préoccuper de ses petits.

Léopoldine qui avait été l'amie préférée de Raymonde, accepta de bon cœur de coudre pour les deux fillettes bien qu'elle eût désormais un travail qui lui permettait de mieux gagner sa vie. Elle le fit en souvenir des moments heureux ou difficiles qu'elle avait partagés avec la famille Dubar.

Pour la première fois de sa vie, Miette découvrit le plaisir de s'admirer dans une glace. Elle aima particulièrement la robe bleue avec un croquet blanc autour du col et elle fut ravie de ses nouvelles chaussures noires.

Le grand jour arriva.

Antoinette avait bricolé une sorte de sac à dos pour sa fille. En le faisant, elle n'avait pas pu s'empêcher de songer à celui qu'elle avait elle-même porté comme une voile reployée pendant le voyage de l'exode jusqu'à Colleret. À l'époque elle était sur le point d'accoucher et elle avait préparé les affaires nécessaires à portée de main au cas où… Aujourd'hui, voir l'enfant qu'elle attendait alors, harnachée comme elle-même l'avait été, l'émouvait d'une façon insensée. À tel point que Maxime se demanda s'il était bien raisonnable de la laisser seule pendant une semaine. Mais, tout était prêt et les billets de train achetés... Fallait y aller. Il embrassa ses petits et sa femme en leur disant : à bientôt. Mais lui aussi avait le cœur pincé.

Miette, elle, n'en revenait pas de faire un si long voyage. Jusqu'ici son horizon n'avait guère dépassé Dunkerque ou Bourbourg. Dans l'autobus qui les emmena d'abord jusqu'à Gravelines, elle dévisagea tout le monde sans rien dire tandis que son père répondait aux questions des uns et des autres intrigués par leurs bagages.

— Ah, disaient-ils ensuite, tu ne vas rien reconnaître sûrement. Bon voyage. Et si tu vois des gars restés là-bas, dis-leur bonjour de notre part.

— Entendu.

Il fallut attendre le train à Dunkerque. Le bruit d'enfer qu'il fit en arrivant dans la gare n'effraya pas Miette. Elle respira son odeur de charbon sans broncher. Quelquefois à la maison en hiver, quand il faisait brouillard le matin, ça sentait presque la même chose dans la cuisine.

Les banquettes de bois dur l'enchantèrent. Le wagon lui sembla un carrosse roulant sur un chemin caillouteux.

À Lille où il fallait prendre la correspondance pour Aulnoye, il commençait à faire chaud. Les bruits et les odeurs de la grande ville parvenant jusqu'à la gare intriguèrent l'enfant qui eut l'impression d'être dans un monde vraiment étrange. Quand son père lui montra les beaux cabinets blancs qu'il appelait « les toilettes » avec du papier comme de la soie placé dans un dérouleur et des lavabos avec de l'eau tiède, elle resta sans voix.

Elle déchanta vite en suivant son père dans une salle bondée qui sentait le renfermé et la transpiration. Les voyageurs y attendaient leur train en mangeant leur casse-croûte. Elle fronça un peu le nez, mais, quand Maxime déballa le pique-nique préparé par Antoinette, elle oublia son dégoût. Elle se régala du pain au fromage qui avait pris la saveur du paquet de café dans lequel sa mère l'avait mis. Son appétit faisait plaisir à voir.

Son père mangeait du bout des lèvres en songeant au voyage entrepris en 1945 avec Julien Dubar pour préparer le retour chez eux et trouver du travail.

Une voix annonça le train micheline pour Aulnoye. Maxime remballa tout.

Il faisait étouffant dans le wagon mais il n'y avait pas trop de monde. Ils purent prendre leurs aises. Miette resta à la fenêtre un peu descendue pour avoir de l'air. Elle ne perdait rien du paysage qui filait à une vitesse phénoménale. Les poteaux électriques découpaient la lumière en fines tranches, scandant un rythme qui l'enivrait. Elle resta bouche bée devant les villes et les villages agglutinés les uns aux autres et groupés autour de clochers qu'elle avait à peine le temps de distinguer.

Bientôt elle demanda à son père comment s'appelaient les espèces de montagnes qu'on voyait au loin et les sortes de tours en fer à côté. Il s'agissait de terrils et de chevalets en pleine activité. Elle regarda avec une attention soutenue ces choses nouvelles dont elle n'avait jamais entendu parler. Maxime lui expliqua la mine, le charbon, le travail des hommes. Il termina en disant que même grand-père Julien qui avait fait le dur métier de pêcheur à Islande, avait de l'admiration pour les mineurs et que jamais il n'aurait accepté de risquer sa vie sous terre comme eux.

Pour être honnête, Maxime ajouta qu'il avait rencontré plusieurs mineurs qui disaient, eux, que jamais ils n'auraient accepté de risquer leur vie sur mer comme les marins.

— Ben, moi, je crois que j'aimerais mieux travailler sur la mer que sous la terre. Et toi, papa ? demanda l'enfant au bout d'un moment.

— Ni l'un ni l'autre. Ce que j'aime, c'est faire du pain.

— Pourquoi tu veux être policier alors ?

— Pour ne pas toujours travailler la nuit. Tant que vous êtes encore petits, Maryvonne, Martin, Mimi et toi-même Miette, maman a besoin de moi. Mais je vais te dire un secret : je ne serai pas policier toute ma vie. Surtout ne le raconte à personne.

L'enfant regarda son père avec de grands yeux et un sourire immense. Elle était fière qu'il lui fasse confiance à ce point.

— Promis papa, c'est notre secret.

L'enfant se remit à la fenêtre. Elle ne disait plus rien. Elle finit par s'endormir jusqu'à Aulnoye. Elle eut du mal à émerger pour prendre l'autobus qui les amènerait enfin à Colleret. Elle s'y rendormit une fois calée sur le siège à côté de son père. Maxime se demandait encore par quel miracle Antoinette avait réussi à faire le voyage sans accoucher quand elle attendait Miette justement.

Ils descendirent à l'arrêt de bus sur la grand-route qui mène à Coulsore. Maxime reconnut le pont à bascule où l'on pesait les bœufs, les moutons, et même parfois les chevaux avant de les emmener aux marchés des environs. Sa fille s'ébahit devant cette nouveauté. Elle enregistrait tout, elle n'arrêtait pas de poser des questions. Et c'est pour quoi faire ? Et après qu'est-ce qu'ils deviennent les animaux ? Et est-ce que je peux me peser ? Oui ? Alors pourquoi ça ne bouge même pas ? Mais non, je ne suis pas trop légère. Grand-mère Fanny dit toujours que je commence à être lourde…

— Tais-toi maintenant, Miette, s'il te plaît. On a un bout de chemin à faire avant d'arriver à Colleret. Viens ici que je mette bien ton sac à dos.

L'enfant se laissa faire docilement. La fatigue lui tirait les traits. Elle s'était levée à 5 heures du matin toute excitée par l'idée même du voyage, mais là, à presque 8 heures du soir, son petit corps n'en pouvait plus. Maxime ressentait tellement de sensations étranges : regrets, nostalgie, espoir, qu'il n'était guère en meilleur état que sa fille. Si bien qu'il reconnut la vieille voiture de monsieur Lemaire avec soulagement.

— Miette, regarde : ton parrain vient à notre rencontre.

L'enfant s'arrêta net. Ainsi son parrain avait une voiture ? C'était donc un homme important ? Ça alors !

Elle vit descendre un homme aux cheveux blancs au regard bleu très doux. Il la souleva de terre en disant :

— Vous voilà jeune demoiselle. Heureux de vous revoir.

Ahurie par le vouvoiement inhabituel ; jamais personne ne s'était adressé à elle de cette façon ; Miette resta interdite. Edgar Lemaire éclata de rire avant de lui plaquer un gros baiser sur la joue. Elle le lui rendit en disant enfin :

— Bonjour, parrain !

Il la redéposa sur terre en souriant.

— Ma femme sera rudement contente de te revoir Miette ! Et ma belle-mère donc ! Vous avez fait bon voyage, Maxime ?

Les deux hommes commencèrent une conversation qui n'intéressa pas Miette. Elle se demandait d'où venait cette étrange odeur chaude et puissante qui lui piquait le nez depuis la sortie de l'autobus, qui s'amplifiait au fur et à mesure qu'on entrait dans le village et qui sentait aussi fort que le crottin du seul cheval qu'elle connaissait : celui du marchand de charbon. Elle s'amusait des montées et des descentes de la route… Au Petit-Fort-Philippe il n'y en avait pas… Et de toute cette verdure, ces champs et ces près, ces vaches et ces moutons qu'elle voyait en vrai pour la première fois. Et de ces chiens qui aboyaient au passage de la voiture qui roulait fenêtres grandes ouvertes parce qu'il faisait si bon. Elle vit soudain des arbres avec plein de points rouges accrochés aux branches. Elle devina.

— Papa, c'est des cerises ?

— Oui, bien sûr.

— Tu pourras en manger autant que tu le voudras, c'est la pleine saison, ajouta monsieur Lemaire.

— J'aimerais bien, mais j'ai pas assez de sous pour en acheter.

— Mais enfin Miette, qui te parle d'acheter des cerises ? Il y en a dans tous les jardins ici.

L'enfant allait de surprise en surprise. Des cerises dans les jardins ? Est-ce qu'elle était au paradis avec les anges ?

Son père et son parrain éclatèrent de rire en voyant sa tête ; mais on arrivait devant une grande bâtisse précédée d'un jardin soigné que Maxime reconnut avec émotion. Edgar Lemaire klaxonna. Deux femmes sortirent immédiatement.

La plus jeune se précipita pour ouvrir la porte et cueillir Miette qui se laissa faire.

— Bonjour, madame !

— Je suis Simone, la femme de ton parrain. Je te présente ma mère : Clotilde Chevalier.

Aussitôt l'enfant se sentit en confiance avec ces deux femmes qui la dévoraient des yeux en souriant. Elle se laissa embrasser et mener dans une belle et grande cuisine où la table était mise.

Elle tomba vite endormie le nez dans son assiette à laquelle elle ne toucha pratiquement pas.

— Je vous installe dans la chambre que vous aviez, dit Simone Lemaire à Maxime en souriant. J'espère que Miette peut encore dormir dans le petit lit qu'on lui avait trouvé.

— Elle n'est pas très grande, je crois que ça ira, répondit Maxime.

Sa fille dans les bras, il suivit Simone à l'étage. Il reconnut les meubles, le grand lit et le berceau.

— Laissez, Maxime, je vais lui mettre sa robe de nuit, déclara Simone qui sentait son cœur se serrer. Allez rejoindre Edgar et ma mère. Je vous rejoindrai après.

Elle se pencha sur la petite fille. En la dévisageant, elle songea à 1944. Cette année terrible qui avait vu l'effondrement d'un monde et la naissance de l'enfant dans cette chambre qui n'en connaîtrait plus jamais avant qu'une autre famille, d'une autre génération, vienne y habiter.

Simone essuya une larme. Son désir d'enfant n'avait pas été exaucé et il ne le serait jamais. Elle laissa la porte de la chambre entr'ouverte. Elle descendit dans la grande cuisine.

Edgar et Maxime fumaient tranquillement. Dans son fauteuil habituel, Clotilde Chevalier, sa mère, tricotait, un air de contentement sur le visage.

Ils évoquèrent les mois passés ensemble de mars 1944 à février 1945.

Le lendemain, Miette se demanda d'abord où elle était. Les dimensions de la pièce et son ameublement l'étonnèrent mais la respiration de son père dans le grand lit à côté du sien la rassura. Elle n'était pas oubliée ou perdue en terre inconnue. Depuis qu'elle connaissait l'histoire du Petit Poucet et de ses frères, quelque chose en elle s'était alarmé le jour où elle avait entendu grand-mère Fanny demander : « Comment tu vas faire pour nourrir ton monde, Antoinette ? Où est-ce que vous allez trouver les sous pour les élever comme il faut ? »

Soudain, tout lui revint. Elle était chez son parrain, cet homme riche qui avait une voiture et une maison comme un château. Elle enjamba les barreaux du lit. Elle courut jusqu'à la fenêtre pour soulever les beaux rideaux et voir où elle était.

Derrière la maison, le terrain courait en pente douce jusqu'à un cours d'eau bordé d'arbres. Au-delà, elle distinguait des silhouettes de vaches. Et sur le côté droit s'étendait un long bâtiment d'où elle voyait sortir et rentrer des hommes en bleu de travail. Elle fit le rapprochement avec ce que Oncle Maurice lui avait raconté. C'était l'atelier de limes de son parrain. Elle observa jusqu'à ce que son estomac lui rappelle qu'elle avait faim.

— Papa, je voudrais manger.

Pendant un centième de seconde, Maxime fut, lui aussi, étonné d'être là. Puis il se leva d'un bond.

Dans la grande cuisine, la vieille madame Chevalier était seule. Elle leur sourit avant d'embrasser l'enfant. Le café fumait sur le coin du fourneau. Sur la table recouverte d'une nappe, Miette vit de belles tartines, des pots de confitures, du beurre. Il faisait bon et l'odeur donnait envie de dévorer.

— Je préfère le charbon au gaz, expliqua Clotilde quand Maxime la complimenta sur la bonne température de la pièce. Tant qu'on n'est pas encore en été, Simone ne dit rien, alors, j'en profite. Et s'il fait trop chaud, j'ouvre la porte. Vous avez bien dormi ?

— Oui, merci. Je dors rarement aussi longtemps.

Edgar Lemaire et sa femme Simone étaient au travail, l'un à l'atelier, l'autre sur les routes pour livrer ou démarcher la clientèle. C'était de plus en plus difficile de se faire une place. Les ateliers étant concurrencés par la fabrication industrielle qui faisait baisser les prix. Les petits artisans ne pouvaient pas suivre sur cette voie. Edgar essayait de se maintenir en proposant une qualité supérieure à celle du travail à la chaîne, mais les clients se laissaient de plus en plus séduire par les sirènes du bon marché. Il devait travailler de longues journées désormais pour maintenir son activité à flot. Il n'avait jamais mis un ouvrier à la porte, mais il ne remplaçait plus ceux qui partaient à la retraite depuis longtemps. Il en restait trois. Les trois plus jeunes pour lesquels il luttait chaque jour.

Après le petit déjeuner, Clotilde Chevalier alla faire couler de l'eau dans la baignoire de la salle de bains nichée sur la droite de la maison. On y accédait par une porte donnant dans la cuisine.

— Ce n'est pas grand, ici, expliqua la vieille femme. Mais, dame, quand cette maison a été construite, les salles de bains n'étaient pas au programme. On a eu la chance de pourvoir l'installer ici dans une dépendance, expliqua-t-elle.

La pièce sembla extraordinaire à Miette qui n'avait jamais vu de salle de bains. Elle se savonna avec un plaisir inouï qui fit rire madame Chevalier restée avec elle pour surveiller. Pas question de laisser l'enfant se noyer dans une baignoire où on aurait pu en mettre quatre comme elle d'un coup. Elle lui demanda ensuite quelle tenue elle voulait mettre.

— La robe beige. La bleue, c'est pour le dimanche.

La matinée passa toute dans la visite de la grande maison qui fit pousser des cris d'émerveillement à Miette. Séparée de la cuisine par une double porte, la salle à manger donnait sur le jardinet de devant et sur la campagne vallonnée. L'enfant admira la longue table, le grand buffet sculpté de scènes de vendange. Les lourdes chaises qu'il fallait traîner pour les déplacer.

De l'autre côté du large couloir qui séparait la maison en deux zones distinctes, elle fut ébahie par le salon envahi de gros fauteuils en cuir, de bergères moelleuses où elle s'enfonçait avec délice devant une cheminée grande comme celle du Père Noël. Elle regarda comme une curiosité les petites tables juponnées et les meubles présentant des assiettes en porcelaine délicate.

Dans la pièce contiguë, largement ouverte sur la précédente par une immense double porte au verre finement biseauté, elle n'en revint pas de voir des livres étagés sur trois murs et, dans un coin, un bureau avec une machine à écrire. À côté, des boîtes rectangulaires en carton remplissaient les rayonnages d'une armoire sans porte qui allait jusqu'au plafond.

— Simone ne prétend pas faire son bureau ailleurs. Elle préfère travailler ici presque chaque soir. Comme ça, on est tous ensemble, Edgar lit son journal et moi je tricote dans le salon à côté, portes ouvertes en grand. J'aime bien entendre le cliquetis de la machine à écrire.

Après le tour de la maison, Clotilde Chevalier proposa à Miette de préparer le repas avec elle. Elle fut surprise de constater que l'épluchage des pommes de terre et la préparation de la salade n'avaient pas de secret pour l'enfant. Elle oubliait simplement que le fait d'être la première de quatre enfants nés en 5 ans la rendait obligatoirement débrouillarde. Il n'y avait pas de mérite à cela, toutes les aînées de toutes les familles connaissent la même chose.

Maxime avait passé la matinée avec Edgar à l'atelier. Il y avait retrouvé les odeurs oubliées de métal chaud et le bruit strident des machines qui le façonnaient. Il ne savait guère s'il regrettait sa jeunesse ou s'il ressentait du soulagement d'avoir pu retourner chez lui au bord de la mer où l'on ne connaît guère ces émanations et ce vacarme. Edgar l'observait attentivement puis il lui dit :

— Quel dommage ! Vous auriez fait un bon successeur ! Je désespère. Qui reprendra mon entreprise dans quelques années ?

— Vous finirez par trouver, allez. N'ayez pas de regret pour moi, je serais incapable de faire ce que vous faites…

— C'est ce que vous dites, mais moi je suis sûr du contraire… vous avez naturellement le sens du commandement et le courage qui va avec. Mais, bon, puisque ce n'est pas votre vie, n'y pensons plus. Venez, Simone va revenir de sa tournée, ma belle-mère nous attend tous pour le repas.

* *
*

L'après-midi se passa en visites chez des gens que Maxime avait côtoyés en 1944 : le boulanger, les fermiers… Miette suivait, souriait, embrassait, attentive aux senteurs des maisons si différentes des relents de friture d'anguilles et de carrelets, de maquereaux à la saumure, de crevettes en train de cuire dans de l'eau de mer, de harengs saurs, qu'elle respirait habituellement. Elle ne savait pas si elle aimait ou si elle détestait l'odeur des cochons qui couraient dehors sur le fumier, le chou qui cuisait sur le coin du feu et le fumet des jambons accrochés au plafond. Elle ne savait pas. C'était simplement un monde différent qu'elle découvrait avec étonnement.

En revenant chez son parrain, Miette s'arrêta devant le bureau, fascinée par ce qu'elle y voyait. Simone surprit le regard qu'elle porta sur la machine à écrire. Alors, tout naturellement, elle mit un papier dans le rouleau. Elle montra comment taper sur les touches qui portaient toutes un nom de lettre ou un signe de ponctuation et elle lui dit d'écrire ce qu'elle voulait.

En tirant la langue, l'enfant marqua son nom : *Miette Fournier.*

— Non, écris ton vrai nom plutôt.

— C'est mon vrai nom, madame.

— Ah… Bon ! Mais appelle-moi donc par mon prénom comme tout le monde, répondit Simone qui ne voulait pas perturber l'enfant.

— Non, pas comme tout le monde. Mon papa vous dit « Madame Lemaire ».

— C'est vrai, Miette. Tu fais comme tu veux, répondit Simone en souriant.

Elle voulait éviter de tracasser cette petite au raisonnement particulier.

* *
*

Le lendemain, Simone qui avait organisé sa semaine de façon à être libre ce jour-là, l'emmena acheter beurre et fromages dans deux fermes différentes.

— Tu comprends, elles n'ont pas la même spécialité, avait-elle précisé en cours de route.

Il faisait bon, les vaches dans les pâtures les regardaient passer en ruminant sans s'émouvoir. Et la seule question que se posait l'enfant, était de savoir comment on pouvait aller cueillir les cerises là-bas dans les jardins. Simone la rassura en disant que les fermiers lui en donneraient.

Dans la première ferme, Miette n'osa pas se boucher le nez. Pourtant le fumier fumant en tas au beau milieu de la cour l'incommodait. Et les poules, les canards, les oies qui se promenaient dessus dans un bruit d'enfer lui faisaient peur, mais elle restait stoïque

Simone la présenta.

— Ah, elle est devenue ben jolie la fille à l'Antoinette et au Maxime. Tiens, petite, c'est pour toi, dit Lucienne la fermière en lui offrant une poignée de cerises cueillies dans une coupe pleine de fruits rouges.

La gamine oublia l'odeur entêtante du fumier. Elle n'osa pas manger là, devant des gens qu'elle ne connaissait pas. Mais au bout de quelques minutes, plus personne ne fit attention à elle. Elle se régala. Elle garda les noyaux dans la main. Puis elle se dit qu'elle devrait les ramener chez elle pour avoir un arbre dans son jardin. Elle les emballa soigneusement dans son mouchoir propre. Elle avait bien réussi à faire pousser un haricot dans un pot cet hiver… C'est mademoiselle Leroy qui avait montré à toute la classe comment s'y prendre.

Puis Simone dit au revoir à la fermière qui redonna une belle poignée de cerises à l'enfant.

Dans la seconde ferme, le tas de fumier n'était pas plus gros, pas plus odorant, pas plus habité de poules et d'autres bestioles que dans la précédente, mais la fermière était plus revêche. Miette se sentit mal à l'aise. Et puis il y avait ce kilo de cerises qu'elle avait mangé sans retenue.

Les deux femmes entamèrent une conversation dont Miette ne comprit pas le sens. Simone parlait, parlait, la fermière caquetait, caquetait. Au bout d'un instant elles sortirent. La fillette les suivit, mais en entrant derrière elles dans l'étable, les relents puissants de la litière la firent reculer. Elle suffoqua. Occupées par le veau nouveau-né, abasourdies par les meuglements de la mère, Simone et la fermière ne l'entendirent pas vomir.

Miette se sentit malheureuse, abandonnée, agressée par les odeurs violentes de fumier, de bouse, de vomissures. Elle avait sali ses belles chaussures, les plus belles qu'elle n'ait jamais possédées. Elle sortit son mouchoir de sa poche pour les essuyer. Il était tout poisseux des noyaux qu'elle avait gardés dedans. Elle paniqua. Elle le remit dans sa poche sans oser frotter ses escarpins. Il fallait retourner chez son parrain pour les nettoyer.

Elle courut droit devant elle sans s'occuper du raffut des poules qu'elle dérangeait et du sifflement des oies qui la suivaient. Par chance, elle prit le bon chemin qu'elle reconnaissait à cause des montées et des descentes qui l'avaient intriguées tout à l'heure.

Clotilde Chevalier fut bien surprise de la voir arriver sans Simone. La fillette expliqua les puanteurs qui la rendaient malade. La vieille femme se mit à rire de tout son cœur. Jadis, elle aussi avait été incommodée par le fumier et puis elle s'était habituée.

— Viens donc te débarbouiller et donne-moi tes chaussures. Je vais les nettoyer. Tiens, prends ces vieux chaussons en attendant qu'elles sèchent.

Miette se calma peu à peu et bientôt elle put répondre aux questions que lui posait la vieille femme à propos de Fanny.

— J'aime bien ta grand-mère, tu sais. Raconte-moi ce qu'elle devient.

— Moi aussi, je l'aime bien. Est-ce que je pourrais lui envoyer une lettre ?

— Tu sais écrire ?

— Un petit peu.

— Attends, je vais chercher du papier et un crayon.

Elles s'appliquaient toutes les deux, l'une à tracer des modèles de lettres et l'autre à les reproduire sans trembler quand elles entendirent dans la cour Simone qui appelait :

— Miette, est-ce que tu es là ?

Et la voix inquiète de Maxime et celle d'Edgar qui disaient :

— Qu'est-ce qu'il y a ?

Alors, comme une enfant voulant jouer un bon tour aux grandes personnes, Clotilde Chevalier cacha crayons et papier sous un journal. Elle poussa la petite derrière son fauteuil dans lequel elle s'installa en murmurant :

— Chut, Miette, surtout, tu te tais !

Et elle saisit son tricot, abandonné tout à l'heure sur une commode.

Le visage ravagé, Simone, Maxime et Edgar entraient en demandant d'une voix étranglée :

— Vous n'avez pas vu Miette ?

— Elle a disparu d'un seul coup de la ferme. Mon Dieu, mon Dieu, ajoutait Simone en éclatant en sanglots. Jamais je ne me pardonnerai, s'il lui arrivait malheur.

— Il y a une mare, là où vous étiez ? interrogea Maxime d'une voix altérée.

Simone baissa la tête avec un air abominable.

Alors, il hurla :

— Faut y aller...

Il tournait les talons quand Clotilde Chevalier dit tout bas :

— Sors de ta cachette, Miette !

Aussitôt que l'enfant apparut, ce fut le bazar dans la pièce. Simone, hors d'elle, criait :

— Maman, t'avais pas le droit de ne rien dire.

Edgar se cognait contre Maxime qui se précipitait sur sa fille pour la serrer contre lui avant de lui donner une fessée magistrale en criant :

— Ça t'apprendra à faire peur comme ça à tout le monde...

Clotilde essayait de calmer le jeu en avouant que c'est elle qui avait dit à l'enfant de se cacher.

— Oui, mais c'est elle qui s'est sauvée, non ? Et sans rien dire à Madame Lemaire en plus ! répondit Maxime en nichant sa fille dans le creux de ses bras.

Comment aurait-il pu revenir chez lui sans elle ? Comment aurait-il pu raconter à Antoinette la disparition de leur fille ? Il en frémissait de douleur. Il se mit à pleurer tout en caressant les cheveux de l'enfant.

— Papa, papa, pardon, disait Miette entre ses larmes. Je ne me sauverai plus jamais.

Elle n'avait jamais vu son père pleurer et cela lui était insupportable. Elle posa son visage contre le sien et leurs larmes se fondirent en un seul ruisseau. Madame Chevalier, confuse de la réaction enfantine qu'elle avait eue, ne savait pas quoi faire pour se faire pardonner, Simone pleurait elle aussi et Edgar, ahuri par les réactions de chacun, se dit qu'une bonne bouteille remettrait tout le monde d'aplomb. Il disparut dans la cave. Il remonta avec un cru réputé.

— J'allais l'ouvrir la veille de votre départ mais elle ne sera pas de trop aujourd'hui.

La soirée se termina mieux qu'elle n'avait commencé. Miette eut droit à un doigt de champagne qui lui fit tourner un peu la tête.

Le lendemain dimanche, ils se rendirent tous à Coulsore chez un cousin resté là après y avoir rencontré sa femme pendant l'exode. Gégène leur fit fête et sa femme montra un beau baigneur en celluloïd à Miette.

— Tu vois, si je n'ai pas d'enfant dans quelques années, je te le donnerai.

La fillette lui demanda pourquoi elle n'avait pas encore d'enfant.

— Je ne sais pas, répondit la jeune femme en souriant.

— Il faut juste demander au médecin d'apporter sa valise à bébés, tiens. Au Petit-Fort-Philippe, le docteur Wallyn en a une grande, c'est lui qui a apporté Mimi, assura Miette, sérieuse comme un pape.

D'abord déconcertés, les adultes éclatèrent de rire. Ce qui vexa la petite qui ne dit plus rien après avoir juré que c'était vrai. Les grandes personnes décidément ne comprenaient rien à rien. Ça ne donnait pas vraiment envie de grandir…

Quelques jours plus tard, il fallut bientôt songer au retour. Maxime dut accepter un sac supplémentaire plein de cadeaux pour toute la famille. Il n'avait pas osé refuser mais il se demandait comment il allait faire avec les bagages et Miette. Il n'avait que deux mains…

Clotilde donna une belle pièce à l'enfant en lui disant :

— C'est pour toi toute seule. Et regarde, je t'offre aussi un petit porte-monnaie pour la garder dedans.

L'enfant n'en revint pas. Elle avait l'impression d'être riche ! Un porte-monnaie avec un beau sou dedans ! Mince, alors !

Le jour dit, Edgar ne put les accompagner en voiture jusqu'à l'arrêt d'autobus. Un de ses ouvriers s'était blessé sérieusement et une grosse commande devait partir le jour même. Simone avait un rendez-vous vital pour l'atelier à la frontière belge et Clotilde ne conduisait plus depuis longtemps. Maxime décréta qu'il s'en sortirait à condition de partir de très bonne heure.

Les yeux à peine ouverts, Miette trottinait donc à côté de lui sans rien dire, le sac à dos bien attaché à son petit corps encore plein de sommeil. Elle se réveilla pour du bon à la voix de Lucienne, la gentille fermière, qui les invitait à rentrer.

— Venez prendre un café, Maxime et un quartier de tarte. Elle est aux cerises et je sais que votre gamine les aime bien.

— Merci, Lucienne. Mais je n'ai pas le temps de rentrer.

— Deux secondes alors. Bougez pas. Je vous l'apporte. Vous la mangerez en route. D'accord ? J'arrive.

Elle revint avec deux beaux quartiers que Maxime prit rapidement d'une main.

— Merci Lucienne, mais... fallait pas, vous savez.

— Si, si, regardez votre fille... elle a les yeux qui brillent. Allez, bon vent et bien des choses à Antoinette.

— Merci. Ce sera fait, dit Maxime en se sauvant.

Il avala sa part en deux secondes sans arrêter sa marche. Il invita Miette à en faire autant. Mais il y avait les noyaux... que l'enfant n'arrivait pas à recracher au fur et à mesure comme l'avait fait son père. Elle faillit s'étrangler. Maxime eut peur soudain. Il lui arracha le morceau de tarte d'un geste brusque pour le lancer dans une pâture où une placide vache étonnée la reçut dans les pattes.

D'abord Miette resta sans voix, bouche ouverte. Puis elle se mit à pleurer.

— Pourquoi tu as jeté mon quartier de tar...

— Parce que l'autobus ne va pas nous attendre. Maman t'en fera à la maison.

— Tu sais bien qu'il n'y a pas de cerises chez nous.

Le voyage du retour n'eut aucun attrait pour l'enfant qui regrettait la tarte jetée à une vache.

C'était pas juste. Les vaches, elles, pouvaient manger toutes les bonnes cerises qui tombaient par terre au bout des pâtures.

En retrouvant sa mère et toute la famille, elle finit cependant par oublier l'incident. Elle avait tellement de cadeaux à donner et de choses à raconter.

Elle reprit les bonnes habitudes, et en particulier celle de faire les courses. Au bout d'une semaine, elle se rendit compte que Courco, le marchand de fruits et légumes, vendait des cerises rosées et jaunes, différentes des rouge foncé de Colleret mais aussi appétissantes. Il lui en fallait.

Antoinette refusa de mettre le prix qui en était demandé. Alors Miette compta les petites pièces récoltées depuis quelques mois. Courco lui dit qu'il manquait beaucoup. Elle songea à la belle pièce de madame Chevalier. Est-ce qu'elle pouvait la prendre pour ça ? Oui, puisque elle était à elle toute seule.

Le lendemain, le cœur tremblant, elle la présenta au marchand.

— Tu en veux combien ? Une livre ? Un kilo ?

Ainsi donc elle pouvait acheter jusqu'à un kilo ? Elle n'osa pas. « Une livre s'il vous plaît » Et elle se sauva en serrant le trésor sur son cœur : les sous rendus par le marchand, à l'abri dans son porte-monnaie, bien au fond de la poche de son tablier.

Elle avala tout avant d'arriver chez elle. Elle ne voulait pas partager.

Mais elle fut déçue.

Manger en se cachant des siens comme un voleur, c'était trop triste. Elle n'eut pas envie de recommencer.

# X

# L'insolation

DÈS SON RETOUR de Colleret, Maxime avait eu l'intuition que quelque chose de bizarre s'était passé durant son voyage.

Les yeux ternis et les gestes lents de Fanny ne correspondaient pas à sa façon d'être habituelle et Julien semblait atteint d'une sorte de morosité qu'on ne lui connaissait pas.

Mais Antoinette n'avait rien vu. Elle se contenta de répondre « Ah ? Je ne crois pas, je ne sais pas » aux questions de son mari.

Maxime avait pourtant raison.

Ses beaux-parents n'avaient rien dit à leur fille pour ne pas la tracasser mais il y avait eu cette annonce en forme de fin du monde faite par René Vérove, le père de Colette :

— Ça ne peut plus durer comme ça avec ma gamine. Je crois que je vais essayer de me remarier pour la reprendre avec moi. Vous commencez à avoir de l'âge et je ne voudrais pas vous imposer un tel fardeau…

— Colette n'est pas un fardeau, René. C'est la fille de notre défunte fille, c'est tout, avait répondu Fanny.

— Oui, mais ce serait bien qu'elle ait des frères et sœurs. C'est pas bon pour un enfant d'être tout seul.

— Elle n'est pas toute seule ! Avec des cousins et cousines autour, allez…

— Autour, c'est pas avec, vous savez bien. Je trouve qu'elle est vraiment trop sauvage.

— Elle ressemble à sa mère qui était une taiseuse, fit remarquer Julien avant d'ajouter : et en plus, vous-même, vous ne parlez pas beaucoup, il me semble.

René Vérove n'avait pas répondu. Il était parti, fâché. Sa propre mère lui déconseillait de reprendre sa fille. Qui s'occuperait d'elle une fois qu'il serait à bord de son bateau ? Moi, je ne peux pas. Je suis trop vieille, avait-elle précisé et en plus, tu ferais mourir tes beaux-parents de chagrin…

Mais il retrouvait trop chez son enfant les traits de sa femme Raymonde qu'il avait sincèrement aimée et pleurée. Son cœur se fendait à chaque fois qu'il pensait à l'une et à l'autre. C'était devenu une obsession : rencontrer une brave fille qu'il respecterait et essayerait d'aimer, pour peu qu'elle veuille bien élever Colette.

Fanny comprenait la démarche de René. Elle s'attendait à ce qu'il vienne un jour récupérer sa fille. Mais elle ne pouvait pas se résoudre à cette idée. Elle aurait eu l'impression d'abandonner sa propre fille Raymonde.

Elle n'osait même pas en parler avec Antoinette. Elle tremblait chaque fin de semaine quand elle savait que des bateaux aux longs cours posaient à Boulogne. Elle craignait d'entendre son beau-fils lui annoncer qu'il se remariait. Non pas pour le mariage… Il avait bien respecté le deuil de sa défunte femme, on ne pouvait pas le soupçonner d'avoir connu quelqu'un trop vite après son veuvage… Mais parce qu'une fois remarié, il demanderait à reprendre sa fille Colette. Et ça, Fanny ne pouvait pas l'entendre. Puis les semaines passèrent. Elle y pensa moins. D'autant plus que le beau temps qui s'installait, obligeait chacun à modifier son train-train habituel.

Ainsi, depuis que Maxime ne pouvait plus s'occuper régulièrement de son jardin parce qu'il avait été nommé à Dunkerque, Julien avait pris la relève chaque après-midi. Fanny lui acheta un chapeau de paille. Elle lui recommanda de ne pas le quitter. Elle gardait en mémoire le travail des champs aux petits pois, aux haricots et aux pommes de terre qui lui permettait jadis de faire vivre sa famille pendant que son homme se gelait les pieds et les mains là-bas en Islande pour un salaire de misère. Et elle se revoyait toujours avec un foulard sur la tête comme toutes les autres saisonnières aux manches relevées. Elle se moquait bien d'avoir le visage tanné et ridé des vieux loups de mer, les mains et des bras couleur de pain trop cuit, brûlé même par endroits, parce que c'était la couleur normale du travail en plein air, mais il n'était pas question d'avoir un coup de soleil sur la tête. On pouvait en mourir ou devenir fou ! Julien partait donc chaque après-midi avec son chapeau de paille sur la tête sous l'œil attentif de sa femme.

Et comme vraiment le beau temps invitait à la promenade le long du port, et même aux incursions sur la plage, Fanny ne s'en privait pas. Avec sa ribambelle d'enfants, elle rejoignait ses vieilles camarades et leur marmaille dès qu'elle le pouvait. Elles s'asseyaient en rond sur le sable, le long du petit mur en briques jaunes qui délimitait la plage côté dunes, pour bavarder tout leur saoul tandis que les gamins faisaient des châteaux que la mer venait lécher juste avant qu'ils ne se jettent sur les tartines du quatre-heures.

Une fin d'après-midi à la plage, en retournant chez elle avec ses trois petites filles et Martin, Fanny s'alarma de ne pas voir Julien. En général sur le coup de 5 heures au clocher du village, il se mettait en route pour la devancer… Il avait dû rencontrer une connaissance, ou bien Antoinette l'avait retardé. Le temps qu'elle donne à boire à tout le monde, qu'elle vérifie l'état de propreté des mains de l'un et de l'autre, il allait arriver…

Mais non ! Une fois tout cela fait, pas de Julien.

Tant pis, il fallait ramener les enfants chez eux.

Elle fit grimper Colette sur son dos et elle se mit en route. Elle donnait la main à Martin qui commençait à bien marcher. Miette tenait celle de Maryvonne qui agrippait la robe de l'aïeule. On aurait dit la reine des anges de la procession du 15 août. Fanny se disait qu'elle croiserait sans doute son homme en chemin.

Elle ressentait une drôle de sensation qu'elle n'aimait pas du tout. Un peu comme cette angoisse qui l'assaillait quand ils se séparaient sur le port le jour des départs pour Islande. C'était trop bête à la fin ! Julien n'allait plus à la pêche à la morue depuis longtemps maintenant ! Et puis il était tout près ! À un quart d'heure de marche avec les enfants. Seule, elle aurait fait le chemin en cinq, six minutes ! Être en retard n'était pas un drame, quand même !

Quand elle arriva chez sa fille Antoinette, elle la trouva dans la cour en train de ramasser du linge. Posé à l'ombre dans un panier, Mimi le petit dernier, s'amusait à faire des bulles avec sa salive. Ce fut à celui ou à celle qui lui donnerait les plus gros baisers. Il était tellement trognon ce bébé gigotant au milieu de ses langes ouverts.

— Ça lui fait du bien d'avoir les fesses à l'air, se contenta de dire Fanny avant de demander : il est reparti à quelle heure, papa ?

— Comment ça ? Papa ? Je ne l'ai pas vu repartir.

— Tu es sûre ? Il serait encore au jardin ?

Fanny laissa tout le monde planté là. Quelque chose en elle venait de se nouer qu'elle n'aimait pas. Une angoisse qui lui vrillait la respiration et qui la faisait trembler.

Elle traversa la cour d'un trait. Elle ouvrit rapidement le petit portail qui claqua contre l'ancienne écurie servant maintenant de poulailler. Les poules déjà rentrées sursautèrent dans un bruit d'enfer qu'elle ne remarqua pas. Les canards eurent intérêt à la laisser passer. Elle traversa le carré aux fraises interdit aux enfants. Elle ne vit pas Julien. Mais la chaise basse abandonnée au milieu d'une allée de plants de tomates prouvait qu'il était passé. Pour éclaircir ou replanter des salades, pour pincer les gourmands il aimait s'asseoir depuis qu'il souffrait du dos. Pourquoi donc l'avait-il laissée là ? Jamais Julien ne laissait traîner ses affaires derrière lui.

Elle avança en se disant qu'il était peut-être en train de parler avec un voisin dans un jardin à côté. Mais non. Pas âme qui vive alentour. Fanny continua, le cœur serré.

Il se broya dans un cri d'angoisse au détour de l'allée.

Julien gisait par terre, inerte, le chapeau de paille tombé sur le côté, les bras en croix, la bouche ouverte, le visage cramoisi. Fanny se jeta sur lui pour entendre sa respiration.

— Julien, Julien, suppliait-elle, réponds, réponds. Qu'est-ce que tu as ? Qu'est-ce qui est arrivé ?

Elle le secouait pour le réanimer. En vain. Alors, yeux fermés pour mieux entendre, elle colla son oreille contre sa poitrine. Quelque chose palpitait encore au fond de Julien. Elle se mit à l'implorer : « S'il te plaît Julien, reviens, reviens, ne me laisse pas toute seule. Je n'aurai plus la force de vivre si tu m'abandonnes. Pense à tes enfants, à tes petits-enfants. J'ai besoin de toi. »

Elle pleurait sans même s'en rendre compte, perdue au milieu des tomates qui avaient caché Julien aux yeux de tous ceux qui avaient travaillé dans leurs jardins à côté. Elle le secouait, lui donnait de légères claques pour le faire revenir à lui quand elle entendit :

— Grand-mère, qu'est-ce qu'il y a ? Maman demande pourquoi tu ne reviens pas.

C'était Miette, dépassant à peine les plants de tomates

— Va dire à ta mère d'aller chercher le docteur, tout de suite. Dis-lui que c'est grave. Grand-père est évanoui. Dépêche.

Alors, seulement, l'enfant découvrit avec stupeur son aïeul allongé, inerte, sur le sol.

Elle prit ses jambes à son cou.

— Maman, on dirait que grand-père est mort. Il faut aller chercher le docteur.

Le sang d'Antoinette ne fit qu'un tour. Elle résista à l'envie d'aller voir son père avant de courir avertir le médecin. La guerre lui avait appris qu'un retard de quelques minutes, ou même de quelques secondes, peut être fatal. Elle cria seulement :

— Miette, tu veilles sur tout le monde. Je reviens.

— Oui, maman.

Comme s'ils comprenaient la gravité du moment les petits se tinrent calmes. Mais Miette était profondément choquée. Elle se souvenait de sa marraine Raymonde sur son lit de mort. Des larmes de sa grand-mère Fanny, des lamentations de son oncle René et même du mutisme de sa petite-cousine Colette. Elle se révolta. Non. Pépère Julien ne devait pas mourir. C'était pas juste. Elle se mit à penser très fort à lui. « Faites qu'il ne meurt pas, faites qu'il ne meurt pas, suppliait-elle sans savoir précisément à qui s'adressait sa prière. Elle ajouta : je vous promets d'être sage. »

Le temps lui parut long jusqu'au retour de sa mère.

— Le médecin va arriver. Le marchand de tabac a réussi à le joindre par téléphone chez lui à Gravelines. Je vais au jardin. Tu montreras le chemin au docteur Wallyn, hein, Miette ?

Antoinette traversa la cour en vitesse. Elle revint aussi vite. Elle cria : « Miette, tire de l'eau ». Puis elle rentra dans la maison pour en ressortir avec une serviette. Elle prit le broc des mains de sa fille qui s'activait à la pompe de la citerne.

— Je crois qu'il a une insolation. Je compte sur toi, Miette. Tu montres le chemin au docteur mais tu restes avec les petits.

Les petits, toujours les petits. Elle en avait assez de faire toujours attention à ses frères et sœur et à sa cousine… elle aurait préféré aller voir son grand-père pour l'embrasser, pour lui dire qu'elle l'aimait, qu'il n'avait pas le droit de mourir, qu'il n'était pas encore assez vieux pour ça. Que lui seul savait faire des ailes d'anges à poser dans le dos à Noël, et que ses frites étaient meilleures que celles de mémère Fanny…

Elle fut interrompue dans ses pensées par le docteur Wallyn qui avait l'air pressé. Il dit à peine bonjour aux enfants en posant son vélo contre le mur. Il se contenta de suivre Miette jusqu'à l'entrée du jardin.

Puis le temps parut long.

L'heure du biberon approchait. Mimi poussa de petits cris d'abord puis de vrais hurlements. Les autres enfants commencèrent à s'énerver. Alors Miette souleva le bébé. Elle le trouva lourd. Elle s'assit sur la marche de la maison pour ne pas le faire tomber et tout doucement elle le berça en chantant la chanson de Bamboula qui avait fait tant rire madame Chevalier à Colleret. Mais là, personne ne riait. Mimi pourtant s'apaisa et la fillette commençait à raconter Pauline Blanche et Pauline Noire quand on vit arriver à la petite barrière du jardin le docteur Wallyn portant Julien, tout mouillé, sur ses épaules. Antoinette et Fanny faisaient de leur mieux pour l'empêcher de glisser par terre.

Miette se leva d'un bond pour laisser passer. Elle suivit le cortège jusqu'à la chambre de ses parents où on installa Julien sur le lit recouvert de toutes les serviettes qu'Antoinette put trouver.

— Sortez, les enfants…

Ils restèrent dehors pendant un long moment. Miette avait reposé Mimi dans son panier et elle lui avait donné une croûte de pain sec comme le faisait sa mère de temps en temps.

Assis à même le sol, les autres enfants se taisaient, sentant confusément que ce n'était pas le moment de faire des caprices. Bientôt Miette compta six coups au clocher. Son père allait rentrer. Ce fut un soulagement pour elle d'entendre sa moto.

— Qui est-ce qui est malade ? interrogea Maxime en reconnaissant le vélo du docteur.

— Pépère Julien, répondirent les petits en même temps.

— Julien ?

Il entra dans la chambre. On entendait les sanglots de Fanny, les paroles apaisantes du docteur. Puis, les yeux rougis, Antoinette sortit de la pièce, comme apaisée.

— Grand-père va mourir, maman ?

— Non, Miette. Il a une grosse insolation mais il va s'en sortir si on fait bien attention à lui.

L'enfant eut un sourire de gratitude. Merci, murmura-t-elle en bloc aux saints qu'elle avait invoqués, pendant que le docteur arrivait à son tour en disant qu'il regrettait de ne pas encore avoir de voiture pour ramener Julien chez lui.

— Comment vous allez le transporter ? finit-il par demander.

— Dans la brouette. Elle est bien large, assura Maxime sans se démonter.

— Bon, je vous laisse faire. Je repasserai chez vous ce soir, Fanny. J'avertis l'infirmière, elle viendra dès que possible. Surtout n'oubliez pas : faites le boire à petite gorgée tous les quarts d'heure, maintenez-le dans le noir et n'oubliez pas la serviette humide sur le front. Si ça ne va pas mieux ce soir, il faudra l'emmener à l'hôpital.

Fanny repartit chez elle avec Colette sur son dos en assurant qu'elle dirait à Maurice de venir aider Maxime. Même s'il n'était pas très gros ni très grand, Julien pesait son poids. Et Maxime, son beau-fils, jugeait imprudent de le transporter tout seul. Antoinette glissa un autre oreiller sous la tête de son père. Elle remouilla la serviette posée sur son front. Elle ferma les volets de la pièce. Les petits regardaient sans rien dire. Maxime veillait à ce que son beau-père soit le plus confortable possible. Il lui tâtait le front en disant :

— Il reste vraiment chaud.

— Oui, répondait sa femme, le docteur a dit que la piqûre allait faire tomber la température. Faut juste attendre que le médicament fasse effet.

Maurice arriva en courant. Il se mit à la brouette avec Maxime. Installé le plus confortablement possible sur des oreillers, Julien traversa le village dans cet équipage. Tout le monde fut mis au courant.

Pendant la semaine qui suivit, Fanny resta près de Julien nuit et jour. Elle ne venait plus chercher ses deux petites filles pour les conduire à l'école. C'est Marthe, la grande fille d'un cousin venu vivre près de chez Antoinette depuis octobre qui s'en chargea.

Et Irène, la femme de Maurice s'occupa de Colette en même temps que de sa propre fille Blandine, mais l'enfant n'aimait pas monter à l'étage où il fallait être trop sage. Un soir, elle raconta à Miette venue voir son grand-père qu'elle préférait aller chez sa tante Antoinette où les enfants pouvaient jouer et parler comme ils en avaient envie.

Le jeudi suivant Miette demanda si elle pouvait aller chercher sa petite cousine. Elle lui manquait.

Sa mère Antoinette trouva que c'était une bonne idée d'autant plus que Maxime était en congé quelques jours et qu'il lui donnait forcément un bon coup de main. C'est lui d'ailleurs qui accompagna Miette jusque chez Fanny. L'aïeule accepta tout de suite l'idée que, si tout se passait bien le premier jour, Colette pourrait rester un moment chez sa tante Antoinette. Elle lui prépara même un petit balluchon.

* *
*

L'enfant partagea donc la vie de ses cousins Fournier et la chambre de Miette et de Maryvonne. Si bien que cette période d'angoisse pour les adultes qui se demandaient encore si Julien allait s'en sortir sans séquelle devint une sorte de temps béni. Pendant que les deux plus grandes étaient à l'école, Colette jouait avec Martin.

Et cette vie douce dans l'attente de la guérison de Julien aurait pu durer longtemps encore si, le lundi suivant, René Vérove n'était venu aux nouvelles chez ses beaux-parents. Il avait su pour l'insolation.

— Vous voyez, Fanny qu'il est temps que je reprenne ma fille avec moi, dit-il aussitôt après les formules de politesse sur la santé de son beau-père.

— Je vous comprends, René, mais tant que vous êtes célibataire, je ne vois pas comment vous pourriez faire. Vos parents sont aussi âgés que Julien et moi-même et en plus, Colette n'a pas trop l'habitude avec eux… commença la vieille femme aux abois.

René perçut l'inquiétude de sa belle-mère. Il en profita pour lui dire qu'il faudrait bien qu'un jour sa fille lui revienne. Et sans doute pas si tard que cela. Une de ses sœurs acceptait de la prendre en charge avec ses propres enfants.

Le soir quand Maxime passa avec Colette et Miette pour dire bonsoir comme il était convenu, Fanny sanglotait. Du fond de son lit où il passait encore beaucoup de temps, Julien avait entendu les paroles de René et il avait déclaré qu'il mourrait si jamais sa petite fille était confiée à une étrangère, fût-elle sa tante.

— Qu'est-ce que c'est que cette histoire ? dit simplement Maxime.

Il savait bien au fond de lui-même qu'un père a des droits sur un enfant, qui passent avant ceux des grands-parents. Mais il trouvait particulièrement injuste que son beau-frère s'intéressât à sa fille au bout de trois ans seulement, après avoir laissé s'installer des habitudes profondes. C'était bien Fanny et Julien qui avaient élevé Colette après l'avoir couvée dans du coton au coin du feu parce qu'elle était née trois mois avant terme. C'était bien eux qui avaient remplacé leur défunte fille auprès de l'enfant malgré leur chagrin ?

Ce n'était pas juste. Et pas simple.

— Il revient quand, Fanny ?

— Sans doute demain. Il n'a pas d'embarquement cette semaine.

— Je viendrai passer l'après-midi avec vous, alors.

Le lendemain après le repas, Maxime vint chez ses beaux-parents avec la petite Colette. L'enfant embrassa sa grand-mère avec tendresse et elle demanda à voir son grand-père. Elle ne parlait pas beaucoup mais elle se faisait comprendre sans mal. Maxime fut frappé par le sourire qu'elle fit à Julien. Elle voulut se mettre sur le lit pour mieux l'embrasser.

On frappa à la porte d'entrée. C'était René. Avec une valise. Les salutations furent assez froides. Les deux beaux-frères ne se connaissaient pas vraiment et René devinait chez Maxime une opposition au projet qu'il avait.

Colette embrassa son père sans réticence mais sans chaleur excessive. « Comme s'il était un étranger bienveillant », se dit Maxime. Fanny servit le café. Au bout d'un moment René se leva en disant :

— Bon, ben, il est temps d'y aller. J'ai amené cette valise pour les affaires de Colette. Vous pouvez me les donner, Fanny ?

— Et elle va aller où quand tu seras en mer ? demanda Maxime.

— Chez ma sœur. Elle a des enfants, elle les élèvera ensemble.

— Et elle va le faire comme ça ? Gratuitement ?

— Ben, on va s'arranger…

On aurait dit que l'homme n'avait jamais songé à cela.

— Tu vas lui verser une pension ?

— Ben, je crois…

— Dans ce cas, il faudrait quand même que tu penses à dédommager mes beaux-parents, qui sont aussi les tiens, je te rappelle. Depuis la naissance de ta fille, est-ce que tu t'es intéressé de savoir comment ils faisaient pour la nourrir, la soigner, l'habiller et…

— … Maxime, vous savez bien qu'on ne demande rien, commença Fanny que ces remarques mettaient mal à l'aise.

— Oui, je comprends, Fanny, mais votre beau-fils devrait y songer. Il ne vous a jamais proposé de pension ? N'empêche qu'il vous doit trois ans.

Et devant son beau-frère médusé, Maxime fit un rapide calcul pour définir approximativement le montant de cette allocation. René ouvrait la bouche comme s'il manquait d'air. Il ne trouvait rien à répliquer, sinon qu'il aurait fallu le lui dire plus tôt. Qu'il n'avait pas une somme pareille. Qu'il allait se renseigner auprès de son armateur, ou du maire ou du notaire ou de l'instituteur pour savoir comment il pouvait faire. Il finit par lancer à Maxime :

— De toute façon, de quoi tu te mêles ? C'est pas parce que t'es devenu policier que t'as le droit de te mêler de mes affaires.

— C'est mes affaires aussi. Ma femme est la tante de Colette au même titre que ta sœur et elle, elle ne demande rien pour s'occuper de ta gamine…

Le regard de Maxime tomba par hasard sur la tête de Julien. Il crut que le vieil homme allait avoir une attaque d'apoplexie. Il balbutiait quelque chose qu'on finit par comprendre :

— Si tu prends Colette, garçon, t'auras ma mort sur ta conscience.

— Arrêtez de faire votre cinéma, vous tous. Je reprends ma fille. J'ai la loi pour moi, dit René Vérove en empoignant l'enfant qui se mit à hurler,

— C'est toi qui dois arrêter, rugit Maxime en se jetant sur lui pour lui faire lâcher prise.

— Non, non, non. Je ne veux pas que vous vous battiez, cria Fanny en se mettant entre eux. Regardez ce que vous faites.

Julien avait essayé de se lever. Il était retombé, tout rouge, au travers du lit. Et Colette, en larmes, toute tremblante comme un gibier aux abois, s'était réfugiée sous la table.

— Viens ma fille, essaya de dire René.

L'enfant se recula le plus possible. Le mur l'arrêta. Elle resta interdite. Son père se mit à genoux pour l'atteindre. Elle essaya de rentrer dans le mur. Elle sentait instinctivement que l'heure était grave ; que quelque chose qui la dépassait se mettait en route et qu'elle en avait peur.

Maxime les observait et tout à coup, il se demanda ce qu'il ferait s'il était dans la même situation que son beau-frère, ce pauvre bougre qui avait perdu sa femme à peine la noce passée et qui était privé malgré lui de sa propre fille. Il allait céder à la compassion quand il vit les yeux affolés de l'enfant et ceux de sa belle-mère. La tension retombait peu à peu pourtant.

Fanny se mit à quatre pattes elle aussi pour rejoindre Colette sous la table. Sa pensée avait fait le même cheminement que celui de Maxime. Elle fit un effort violent sur elle-même pour dire à l'enfant :

— Ton papa t'aime très fort lui aussi. Il faudra que tu ailles avec lui.

— Je veux rester ici avec toi et pépère, je veux rester avec toi et..., sanglotait l'enfant en se détournant de René qui lui tendait les bras.

Julien regardait la scène, hébété, muet, tout flasque. Maxime prit sur lui pour dire :

— Si tu es chez toi ces quelques jours, tu pourrais peut-être prendre ta fille jusqu'à ton embarquement, René. Il faudrait la ramener la veille. Au fait, tu pars où cette fois ?

— En Afrique du nord.

— Combien de temps ?

— Quatre mois à peu près.

— Bah, alors, il vaut mieux ne pas prendre ta fille maintenant pour la confier à ta sœur qu'elle ne connaît pas vraiment...

— Ouais... Bon, tu as peut-être raison. Mais je voudrais qu'elle s'habitue à moi. Et j'aimerais commencer un petit peu à la fois le plus vite possible. On va faire comme ça cette semaine. Alors, vous me donnez ses affaires, Fanny ?

— Vous la ramenez quand ?

— Vendredi soir. J'embarque samedi matin à Boulogne.

— D'accord, répondit Fanny.

Pendant que la vieille femme s'activait en retenant ses larmes, Maxime précisa bien haut :

— T'as intérêt à faire comme tu dis, René.

Julien ne bougeait pas. Il s'était calmé.

Tout pleurant, Colette partit avec son père jusqu'à la canote pour traverser l'Aa. Le passeur qui ramait n'osa pas poser de question. Il connaissait l'histoire douloureuse de la famille Dubar. Il se dit en lui-même que cette enfant qui avait la même couleur de cheveux et d'yeux que son père, qu'on prenait souvent pour un Scandinave, ressemblait étonnamment à sa défunte mère, jolie brune à l'œil noir. Sans doute une question de forme d'ovale parfait et d'allure générale. L'enfant sautillait un peu en marchant comme le faisait

Raymonde avant d'être malade. Le passeur soupira. Lui aussi avait été sensible au charme de la jeune femme, mais c'était de la vieille histoire maintenant. Il aida René encombré par la valise et Colette pour débarquer. En accostant côté Grand-Fort, la petite fille redoubla de pleurs. Elle sentait confusément que quelque chose de grave se passait autour d'elle.

Quand Maxime revint chez lui sans Colette, Antoinette s'inquiéta mais elle se dit, elle aussi, que René avait bien le droit de voir sa fille grandir. Et quand Miette et Maryvonne revinrent de l'école, elle s'appliqua pour leur raconter les choses simplement.

— Elle va s'ennuyer Colette ! Elle ne connaît personne de l'autre bord ! fit remarquer l'aînée.

— Mais si ! Elle a des cousins du côté de son papa quand même et puis il faut bien faire connaissance si on veut se connaître, s'exclama Maxime.

On se tut. Le repas fut un peu triste.

Mais la semaine passa vite pour les enfants. À l'école, on préparait la fête de fin d'année et, le jeudi, Miette passa dans toutes les maisons du quartier pour vendre les billets de Tombola. Mademoiselle Leroy avait annoncé que celui qui en vendrait le plus aurait un beau livre en récompense. Animée par cet espoir, Miette ne recula devant rien pour persuader tous les gens de la rue de lui prendre un billet. Même s'ils en avaient déjà un.

* *
*

Le vendredi soir après le repas, Fanny déboula chez sa fille aînée dans une agitation inaccoutumée.

— Je ne sais pas où est Colette. René n'est pas revenu. Je parie qu'il est déjà embarqué. Le fils à Nénesse est sur le même bateau et je l'ai vu passer au début de l'après-midi avec son balluchon.

— Comment ils vont à Boulogne ?

— Avec un gars du Grand-Fort qui cabote jusque là-bas.

— Oui, mais René fait peut-être autrement, Fanny. Peut-être qu'il part demain matin seulement.

— Racontez pas d'histoire, Maxime. Vous savez bien que les bateaux partent toujours de bonne heure à Boulogne. Il faut aller voir de l'autre bord.

— À cette heure-ci ? Il fait encore jour mais quand même, Fanny, ça ne se fait pas d'aller chez les gens comme ça.

— Bon, ben, je prends la canote toute seule alors. Maurice s'occupe de son père.

— Maman, tu peux pas aller toute seule, intervint Antoinette qui n'avait encore rien dit.

— Moi, je peux aller avec grand-mère, proposa Miette d'une voix sérieuse.

— Toi, tu vas aller dormir et te taire, répondit son père qui ajouta : Bon, je vous accompagne, Fanny.

Le passeur à canote fut étonné de les voir. À cette heure de la journée, il transportait des amoureux allant aux rendez-vous ou bien des ouvriers et des ouvrières qui revenaient de leur service ou qui allaient le prendre. Il fit la relation avec René Vérove qu'il avait fait passer de l'autre bord de l'Aa en début de semaine avec sa gamine.

— Quel beau temps, hein Fanny ? On aura sûrement un bel été. Mais faut profiter des longues journées maintenant, on ne sait jamais…

La vieille femme se contenta de faire un signe oui de la tête, il comprit qu'elle ne dirait rien. Il se tut. Deux jeunes femmes qui sortaient de la retorderie firent la conversation pendant la traversée qui dura un peu parce que la marée était haute. Les bateaux finissaient de sortir du port là-bas pour la pêche. Fanny resta dans ses pensées sans songer à admirer le spectacle devant lequel elle s'extasiait toujours d'ordinaire.

Maxime lui donna la main pour l'aider à sortir de la canote. Il remarqua alors seulement qu'elle avait gardé son vieux tablier par dessus son beau tablier. Ce qui signifiait qu'elle était hors d'elle. Jamais elle ne sortait ainsi. Il n'eut pas le cœur de le lui faire remarquer. Il éprouvait pour sa belle-mère une tendresse qu'il n'avait pas pu exprimer à sa propre mère qui ne l'avait jamais aimé. Et il sentait bien que Fanny l'avait adopté définitivement.

Ils marchèrent d'un même pas dans les rues du Grand-Fort. Comme de l'autre côté, au Petit Fort, on y sentait la friture de poisson. Des filets séchaient sur le port où des vieux profitaient des derniers rayons du soleil couchant. Ils regardèrent d'un œil curieux ce drôle de couple qui se dépêchait vers la maison des Vérove.

Le sac sur le dos, René était en train de dire au revoir à sa mère. Il comprit tout de suite.

— Ma sœur va vous ramener Colette demain matin. J'ai voulu l'avoir avec moi le plus longtemps possible.

— Comme on est là, on va la ramener nous-même, commença Maxime. Je te comprends, beau-frère, mais quand on a promis quelque chose, il faut le respecter. Nos beaux-parents se font du sou…

— … Mais quand même, c'est pas juste ! Colette est ma fille, l'interrompit René violemment. Je veux vivre avec elle. C'est mon droit, non ?

— Oui, mais t'as pas le droit de l'abandonner chez une étrangère quand tu embarques !

— Ma sœur n'est pas une étrangère. C'est sa tante.

— Elle habite où ?

— Ça te regarde pas.

— On va voir. Alors, qu'est-ce que tu préfères ? Tu cours chez elle, on te suit et tu rates ton embarquement ? Ou bien on demande où c'est aux vieux qui savent tout, là sur le port ? Et tout le monde connaît l'histoire d'un type qui ne veut pas rendre une gamine à ses grands-parents qui l'ont gardée et élevée avec leur cœur sans rien demander en retour ?

René avait un air lamentable. Il était perdu, totalement perdu. Il finit par dire à sa mère :

— M'man, tu peux les conduire jusque chez ma sœur ? Si je ne suis pas chez mon camarade dans cinq minutes, je vais manquer l'embarquement. Et si je manque l'embarquement, je n'aurai plus qu'à chercher un autre armateur…

Fanny et Maxime remercièrent René du regard et ils emboîtèrent le pas à sa mère qui, sans le dire à haute voix, partageait leur point de vue.

Au bout d'une ruelle étroite perpendiculaire au port, la maison de la sœur était toute petite, blanchie à la chaux avec un soubassement passé au goudron comme l'étaient quasiment toutes les habitations des pêcheurs. Aussi blonde que

René, une jeune femme vint leur ouvrir. Elle dit simplement :

— Je l'avais bien expliqué à mon frère qu'il devait rendre la petite. Mais vous savez, il est têtu et le chagrin d'être veuf ne l'arrange pas. Entrez, elle est au lit. Je crois qu'elle ne dort pas encore.

L'intérieur était minuscule, mais Fanny reconnut qu'il était propre et bien tenu. Dans l'unique chambre attenant à la cuisine, deux petits garçons dormaient déjà dans un grand lit à côté de celui des parents. Près d'eux, sur une couche improvisée, Colette était allongée, les yeux grands ouverts. D'un bond elle se leva en chuchotant : mémère, mémère. Fanny la reçut dans ses bras comme un cadeau. Elle lui caressait les cheveux, l'embrassait, murmurait des mots qu'elle n'avait jamais osé prononcer.

La mère de René dit :

— On vous comprend, allez. Il ne faut pas brusquer les choses avec cette enfant…

Et la sœur ajouta :

— C'est plus simple que vous en ayez la garde officielle. Qu'elle vienne ici de temps en temps pour s'habituer, oui, mais faut pas l'obliger. Il aurait dû réagir avant, René ! Mais, vous savez, il est têtu comme un baudet…

Ils se comprirent tous. Ils promirent de faire en sorte qu'au retour de René, ils puissent voir avec lui quelle était la meilleure des solutions.

Avant de sortir de la maison, Maxime ne put s'empêcher de demander :

— Au fait, il vous a proposé combien pour vous occuper de votre nièce ?

Embarrassée, la jeune femme répondit :

— Ben, justement, je voulais lui poser la question. Vous avez vu, on n'est pas trop riches. Je ne sais pas comment mon homme aurait pris de voir Colette avec nous en revenant tout à l'heure. Même en faisant des heures supplémentaires... on roule pas sur l'or. Et avec mes deux gamins, tant qu'ils vont pas à l'école, je ne peux plus aller travailler à la saurisserie. Je peux juste faire des ménages quand ma mère les garde.

— L'est pas marin, votre homme ?

— Non. Il n'est pas d'ici, vous savez, mais, à Saint-Georges où il vivait, c'était pas mieux. Il a pu de parents depuis longtemps. Il faisait le vacher pour des fermiers qui le roulaient. Ils lui faisaient croire que de le laisser dormir dans l'étable ça leur donnait le droit de le payer une misère... Maintenant il est embauché à la cartonnerie, mais il gagne pas lourd.

La jeune femme avait presque honte de parler comme ça, mais Maxime lui fut reconnaissant d'être vraie. Il la salua chaleureusement.

En voyant Maxime et Fanny retraverser l'Aa avec Colette, le passeur se dit que les choses s'arrangeaient. Pourtant, il n'osa pas poser de questions.

Maxime accompagna sa belle-mère et sa nièce chez elles. Au chevet de son père, Maurice les attendait. Il fut soulagé de voir l'enfant. Julien avait prédit que si elle ne revenait pas, il se lèverait pour aller la chercher…

« Aussi têtu que René », pensa Maxime.

Sur le chemin du retour chez lui, il n'arrêta pas de penser à la situation. Comment faire pour que les uns et les autres ne se sentent pas abandonnés, lésés, mal aimés ?…

* *
*

La fin de l'année scolaire donna l'occasion de penser à autre chose. La ville inaugurait en grande pompe des nouveaux bâtiments qui devaient servir aux enfants des colonies de vacances. Le centre Léo Lagrange formait un ensemble en U en belles briques rouges. Tout le gratin de l'éducation nationale était invité et les maîtres et les maîtresses d'école avaient été priés de faire une prestation de qualité.

Madame Ponchelle habilla ses gamins et gamines en petits lapins. Mademoiselle Leroy transforma les siens en jardiniers et jardinières. Ce fut une journée mémorable. Dont Miette cependant n'aurait pas gardé souvenir si elle n'avait pas été désignée meilleure vendeuse de billets de loterie. Elle reçut, comme annoncé, un album illustré qui racontait l'aventure du Far-West. Son sourire se figea quand elle découvrit une image montrant des Indiens en train de brûler des pauvres gens. C'était le premier livre qui lui appartenait en propre mais il lui faisait peur. Elle le posa sur un meuble en revenant chez elle.

# XI

## Où l'on parle de Malo-les-Bains

Ce fut un coup de tonnerre.

Maxime arriva un soir d'août en déclarant qu'il faudrait bientôt songer à déménager vu qu'il venait de finir ses six mois d'école et qu'on le nommerait à Dunkerque sans doute après le stage. Pendant la belle saison, faire la route en moto était presque un plaisir, mais l'hiver venant, la neige, le verglas, rendraient le voyage plus difficile et son brigadier n'accepterait pas ses retards. Il lui était déjà arrivé d'être ralenti sur la route par des accidents de la circulation et il avait frôlé le blâme à chaque fois. Il craignait que sa note d'appréciation, et forcément son salaire, en pâtissent un jour. Il n'avait pas quitté le métier de boulanger qu'il aimait pour finalement gagner pas plus. Ses quatre enfants devaient manger tous les jours… et il voulait les voir bien habillés.

D'abord, Antoinette fit la sourde oreille. Quitter Petit-Fort-Philippe une fois encore la tracassait. L'exode à Colleret avait renforcé son attachement à son village. Pouvoir aller à la plage, rencontrer dans la rue des gens qu'elle connaissait, faisait partie de sa vie, de son bonheur.

Puis un jour, Maxime lui fit remarquer que la plage de Dunkerque Malo-les-Bains était aussi belle que celle du Petit-Fort-Philippe et qu'il y avait les autobus Salomé qui faisaient la navette plusieurs fois par jour entre les deux. Et que, par conséquent, il lui serait facile de venir voir ses parents quand elle le voudrait.

Et le hasard voulut qu'une petite annonce posée sur la vitrine de la mercerie l'informe qu'un petit appartement à Malo-les-Bains allait se libérer l'année suivante.

Alors, Antoinette commença à se faire à cette idée : aller vivre en ville.

Pour les enfants, c'était autre chose : ils ne se rendaient pas compte de la portée de l'information. Aller jusqu'à Gravelines était une aventure, aller jusqu'à Dunkerque une expédition, alors vivre à Malo-les-Bains était du domaine du lointain inconnu. Une drôlerie inventée par les grandes personnes et qui ne les concernait pas.

Seule Fanny se faisait du souci. Non seulement elle ne verrait plus sa fille et ses petits-enfants chaque jour, mais en plus, elle sentait bien que

Maurice lui échapperait tout à fait le jour où il remplacerait Antoinette dans la petite maison rue de Gravelines. Elle les avait tous entendus discuter de l'arrangement et l'affaire était quasiment conclue avec le propriétaire. Fanny qui avait si souvent souhaité avoir sa maison pour elle seule avec Julien, craignait finalement d'y arriver.

Par chance, une lettre de la mairie vint la distraire de ses préoccupations. Elle annonçait la livraison de sa nouvelle maison pour la fin de l'année.

Fanny alors s'occupa de son propre déménagement à venir.

La rue Léo Lagrange était encore un vrai chantier. La tranchée prévue au milieu de la chaussée pour les branchements d'eau, de gaz et l'électricité avait été creusée bien trop tôt. Ou plus exactement, il n'y avait pas eu moyen de coordonner efficacement les différents services qui dépendaient d'instances étrangères les unes aux autres.

Si bien qu'entre la pose de l'eau et celle du gaz puis bientôt celle de l'électricité, on ne pouvait pas refermer le trou béant pour le rouvrir ensuite. Sans savoir s'il y aurait trois jours ou trois mois entre les opérations…

Si bien que c'était une pagaille pas possible.

Si bien que cette excavation gênait les entreprises qui ne pouvaient pas utiliser leurs engins comme elles l'entendaient. Les architectes, les maçons, les menuisiers criaient qu'ils n'auraient jamais fini dans les délais… Mais rien n'y faisait. Et de toute façon, les gens étaient tellement heureux de savoir qu'ils retrouveraient leur habitation plus belle, plus claire, plus confortable que celle qui avait été dynamitée par les Allemands, qu'ils préféraient attendre avec patience. Ceux surtout qui avaient triché dans la déclaration sur l'honneur qu'ils avaient signée à la mairie. L'administration avait été bien obligée de faire confiance aux habitants puisque les archives avaient sauté avec tout le reste. Et certains, plus habiles que d'autres et surtout moins honnêtes, avaient déclaré comme faisant partie de la maison en dur, des pièces qu'ils avaient bricolées derrière chez eux avec des planches ou n'importe quoi pour servir de débarras. Les plus malins avaient réussi à doubler ainsi la surface au sol de leur logis à venir. Fanny qui n'avait jamais aimé les dépendances, les abris, ou les magasins comme on disait au pays, n'en était pas jalouse. Et une petite maison suffirait pour Julien, Colette et elle-même.

À partir du moment où la mairie envoya la lettre qui annonçait la fin des travaux, elle prit l'habitude d'aller voir son futur logis chaque jour en sortant du cimetière. Elle voulait voir les progrès de la construction.

Maurice avait réussi à obtenir la pose du carrelage de toute l'habitation et il mettait un point d'honneur à choisir les plus jolies combinaisons de couleurs. Il avait trouvé pour le couloir un mélange très doux de bleu et de miel qu'on ne voyait nulle part ailleurs dans la rue.

— Tu vois, m'man, ta maison est unique, lui avait-il déclaré à la première visite. J'ai dû me battre avec le patron pour qu'il m'autorise à prendre ces carreaux-là. Normalement ils sont trop chers, on ne les utilise pas dans les reconstructions d'après guerre, mais il a bien voulu parce que j'ai dit que je les poserai en heures supplémentaires pas payées.

— T'aurais pas dû gamin…

— Mais si, m'man. Je vois bien qu'ils te plaisent. Et t'en fais pas pour l'allée devant, je vais t'en faire une originale avec tous les beaux bouts de carrelages que je pourrai récupérer pour rien. Parce que ça, c'est pas pris en compte par le constructeur. Chacun doit se débrouiller.

— T'es un bon garçon, gamin.

Maurice avait souri de toutes ses dents. Il y avait bien longtemps que sa mère ne lui avait pas parlé ainsi. Il était heureux.

Chaque jour, ils renouèrent les liens un peu distendus par la vie depuis qu'il était marié et père de famille. Fanny apprit ainsi que son fils aimerait trouver un autre travail.

— Tu comprends, m'man, pour l'instant je suis animé par la reconstruction. Mais franchement, même si j'aime bien être maçon, je trouve qu'on est mal payé pour la peine qu'on a. Je ne ferai pas ça toute ma vie.

— Forcément, si tu dis à ton patron que tu vas poser des carreaux pour rien…

— C'est pas pour rien, m'man, c'est pour toi !

Fanny lui sourit à son tour.

Ce jour-là, la vieille femme se sentit plus légère. Elle en oublia même ses craintes liées au départ d'Antoinette et de sa famille à Malo-les-Bains. Il restait un mois de vacances avant la rentrée scolaire du 1er octobre. Il faisait encore bon. Elle décida d'en profiter autant qu'elle le pourrait.

Chaque jour elle retourna à la plage avec tous ses petits-enfants, à part Mimi qui restait avec sa mère qui continuait à le nourrir au sein.

Fanny souriait en les regardant s'ébattre dans les petites flaques. Elle riait en les voyant sortir de l'eau dans leurs maillots de bain en coton tricoté, pendouillant comme des serpillières. Les filles remontaient les leurs jusqu'en haut, carrément sous les bras, tandis que Martin laissait glisser le sien à se casser la figure au premier pas. Tous les gamins sur la plage portaient le même accoutrement qui faisait la joie des baigneurs, ces gens de la ville qui achetaient leur maillot de bain indéformable dans des magasins pour venir parader sur la plage le dimanche.

Fanny mettait un point d'honneur à tricoter elle-même ceux de ses petits-enfants depuis qu'ils étaient assez grands pour aller à l'eau tout seuls dans les flaques. Elle-même ne savait pas nager mais elle aimait marcher dans l'eau quand la mer était calme. Elle remontait ses jupes le plus haut possible et elle les maintenait sans façon par une épingle de nourrice entre les jambes comme le faisaient toutes les grands-mères accompagnant leurs petits à la plage. Spectacle qui horrifiait les gens de goût qui le trouvaient grossier. Fanny s'en fichait royalement.

Le mois de septembre fut exceptionnellement doux. Les enfants bronzaient encore. On aurait dit des petits vikings blonds débordant de vitalité.

Mais les feuilles des arbres commencèrent à prendre des couleurs, il fallut laisser le feu allumé toute la journée. L'automne et l'école arrivaient.

C'était une année spéciale qui s'annonçait. Miette devait rentrer à la grande école, celle où on apprend à lire, à écrire et à compter pour du vrai.

## XII

# Déménagements

Ce fut une drôle de période que cette rentrée scolaire 1950.

Finalement, contrairement à ce qu'on lui avait fait pressentir, Maxime fut nommé au commissariat de Gravelines. Un policier y était tombé gravement malade, il fallait le remplacer immédiatement et les autorités trouvaient qu'il était plus intelligent de nommer quelqu'un logeant déjà sur place.

Antoinette qui se faisait à l'idée d'habiter en ville ne savait pas trop si elle devait s'en réjouir ou pas. Son intuition lui avait laissé entrevoir une autre vie plus aisée, plus riche d'événements. Mais, connaissant son homme, elle savait que ce n'était que partie remise. Elle savait que pour lui, le problème se posait différemment. Il n'aimait pas verbaliser les gens du pays. Il les connaissait. Et il se sentait toujours pris entre le marteau et l'enclume.

Si bien que, dès sa prise de fonction, il postula pour Dunkerque. Ses supérieurs lui demandèrent d'être patient. « Mais enfin Maxime, il y en a qui vendraient leur mère pour avoir un poste là où ils vivent ! Vous êtes vraiment particulier ! ». Oui, il était particulier, Maxime ! La vocation ne l'avait pas poussé vers ce métier. Il n'y voyait qu'une opportunité pour être plus souvent chez lui, auprès de sa femme pour l'aider à élever leurs quatre petits. Alors, s'opposer tout le temps aux autres, s'imposer partout, non, ce n'était pas un métier pour lui. Même s'il ressentait une sorte de fierté à l'exercer et à revêtir l'uniforme qu'il portait bien !

Fanny, elle, fut bien contente du répit inattendu. Elle s'arrangea pour être le plus souvent possible avec tous ses petits enfants. Histoire de les voir grandir avant qu'ils ne deviennent des grands. Elle avait un plaisir infini à entendre Miette lui expliquer comment mademoiselle Leroy racontait les histoires en chantant et en dansant. Elle sut que la jeune maîtresse d'école avait une longue jupe qui tournait bien quand elle valsait. Qu'elle chantait : *Un jour mon prince viendra*. Qu'elle soufflait très fort sur la maison en paille du petit cochon. Et qu'elle faisait vraiment des gros yeux en jouant le rôle du grand méchant loup qui n'arrivait pas à manger le petit chaperon rouge. Fanny savait aussi combien Miette était attentive à tout ce qu'elle découvrait en classe.

Le jour où l'enfant lui lut le journal à haute voix, elle pleura de joie. Deux bonnes nouvelles sur une seule journée, c'était trop. Non seulement elle venait d'apprendre qu'elle pourrait s'installer dans sa nouvelle maison après la Toussaint, mais on n'était pas encore à la Toussaint et sa petite-fille, qui connaissait ses lettres depuis longtemps, avait compris le système des syllabes et des sons attachés.

Elle vit Miette ressortir le tableau offert par saint Nicolas l'année d'avant. L'enfant écrivait, écrivait sur l'ardoise pour ses frères et sœur qui la regardaient sérieusement.

Mais jamais Fanny ne voulut se mêler au jeu de l'école. Elle avait d'autres chats à fouetter. Déménager pour de bon, c'était quelque chose. On aurait dit qu'elle se remariait. Elle avait si peu de meubles à elle ! Il fallait tout racheter. Pas question d'emménager avec les lits prêtés par Zabelle depuis la guerre. Et puis il fallait des rideaux, des feux, un pour en bas, un pour en haut. Un peu de vaisselle nouvelle et des torchons, des draps… vraiment comme un trousseau… Elle courut les marchés du Grand-Fort et de Gravelines les lundi et vendredi, elle passa des après-midi dans les magasins de meubles des deux bords de l'Aa.

Le jour même où la mairie donna les clefs, elle fit tout livrer. Sa nouvelle maison, modeste pourtant, lui parut le château rêvé depuis toujours. Un vrai couloir sur lequel s'ouvraient à gauche les toilettes avec chasse d'eau et la montée d'escalier. À droite, une porte vitrée donnant dans une petite pièce bien éclairée par une très belle fenêtre à trois battants, obturée le soir par un grand volet roulant en bois. Au bout du couloir, une autre porte donnait dans la cuisine qui possédait également une belle fenêtre qu'on pouvait ouvrir en trois parties et un volet en bois. De là, on avait vue sur le Sémaphore juste derrière. Une autre porte en partie vitrée, donnait sur le bout de terrain pas encore clôturé qu'il suffisait de traverser pour arriver à la plage en une minute. Dans un coin de la cuisine, l'évier en faïence où arrivait l'eau courante et à côté le réchaud au gaz de ville posé sur un meuble lui semblaient le summum du confort.

En haut, la chambre de devant avec vue sur le clocher de l'église lui parut merveilleuse. Tout le reste de l'étage ne faisait qu'une vaste pièce. Maurice projetait d'y faire des cloisons pour créer un palier, une autre chambre et un petit réduit.

L'année scolaire passa donc très vite entre les nouvelles habitudes à prendre dans la nouvelle maison et les conduites des enfants ici et là. On se retrouva aux grandes vacances sans avoir eu le temps de crier ouf.

* *
*

Puis à la rentrée d'octobre 1951, Maxime fut averti que sa demande de mutation était acceptée. Il prendrait ses fonctions à Dunkerque au 1er janvier 1952. Il était temps de penser à déménager. L'appartement qu'Antoinette avait convoité n'était plus libre mais elle en trouva un autre à Malo-les-Bains.

* *
*

Au petit matin du jour J, Maxime et Antoinette montèrent dans le camion de déménagement. Ils revinrent chercher leurs enfants chez Fanny en début d'après-midi pour prendre l'autobus avec eux jusqu'à leur nouveau logement.

Miette fut frappée par l'appartement situé au premier étage d'un petit immeuble. Il n'y avait qu'une minuscule cuisine et deux grandes chambres devant lesquelles sa mère s'extasiait :

— Regardez les enfants comme elles sont belles. Il y a un grand lit pour vous les filles et un petit pour toi, Martin.

— Et Mimi ? Où il va dormir ?

— À côté de moi tant qu'il est encore petit et qu'il se réveille la nuit, mais il y a de la place encore pour mettre son berceau à côté de Martin.

C'était vrai que les deux chambres étaient grandes et bien éclairées par d'immenses fenêtres avec de beaux rideaux tenus par des anneaux dorés enfilés sur une tringle en bois fixée au plafond ; mais Miette ressentit immédiatement une aversion pour cette habitation.

Bien sûr, il y avait de l'eau courante à l'évier. Elle était certaine de ne plus jamais aller chercher de l'eau à la pompette, comme elle le faisait au Petit-Fort quand sa mère n'avait pas le temps d'y aller elle-même et que l'eau de leur citerne ne convenait pas pour ce qu'elle voulait faire. Mais il n'y avait pas de jardin où jouer au milieu des poules et des canards. Pas de balançoire accrochée à une vieille poutre dans l'ancienne écurie sans toit. Il n'y aurait pas de fraises forcément à cueillir au mois de juin. Juste une cour cimentée, grande comme un mouchoir de poche avec un cabinet où il faudrait descendre les pots de chambre le matin et s'y rendre dans la journée en courant dans les escaliers sans se casser la figure.

Et encore, tout cela n'était rien à côté de l'angoisse des ombres portées par les lourds doubles rideaux qui faisaient la fierté de sa mère mais qui faisaient trembler de terreur la nuit…

Dès le premier jour donc où elle posa par terre son sac rempli de ses trésors à côté de son tableau noir, dans sa nouvelle chambre, la fillette n'aima pas cet appartement. Et elle n'aima pas l'école où elle était inscrite.

Le lundi matin, avant de l'y conduire avec Maryvonne, Antoinette avait fait la leçon à ses deux filles.

— Ici, on ne parle pas comme au pays. On ne dit pas « din », on dit « dan », on ne dit pas « tin », on dit « ton ». Donc, comment faut-il dire : « Mets din tin sac » ?

— Mets dans ton sac…

— C'est bien. Alors, n'oubliez pas, faites bien attention.

Et forte de cette mise en garde, la jeune femme avait laissé ses deux gamines dans les mains d'une surveillante qui les conduisit dans leur classe respective.

L'aînée se retrouva à côté d'une fille qui la regarda comme si elle avait la gale. La maîtresse lui apporta un livre.

— Tu le recouvriras chez toi ce soir et tu écriras ton nom, ton prénom et ton adresse sur une étiquette. Au fait, pourquoi tu arrives en cours d'année dans cette école ?

— À cause du travail de mon papa, madame.

— Il travaille où ?

L'enfant rougit. Elle essayait de se souvenir des recommandations de sa mère. On ne dit pas « din » mais « dan » à Malo-les-Bains… se répéta-t-elle avant de sortir :

— À « Dankerque ! »

Les filles de la classe se mirent à hurler de rire, sans retenue en répétant :

— À Dankerque, à Dankerque ! Ah, la paysanne qui parle patois !

La maîtresse d'école faisait des efforts pour ne pas se laisser prendre par le fou rire général, mais l'enfant qui aurait voulu se mettre dans un trou de souris voyait bien qu'elle se moquait, elle aussi.

Miette ravala les larmes qui lui montaient dans la gorge et quelque chose qui la dépassait lui imposa de rester impassible. Elle garda la tête haute et elle se jura qu'elle n'aurait jamais d'amie dans cette classe.

Le midi, elle ne dit rien à sa mère, et, de toute façon, elle n'aurait pas pu en placer une. Maryvonne faisait la conversation à elle toute seule comme jamais elle ne l'avait fait. À croire que changer de maison et d'école lui avait délié la langue.

L'après-midi se déroula sans incident. On aurait dit que la maîtresse d'école faisait exprès de ne pas s'adresser à Miette pour lui éviter un nouvel affront. Mais à la récréation, la fillette préféra ne pas ouvrir la petite musette en toile qu'elle avait cousue les jeudis après-midi au patronage. Elle n'osa pas en sortir les deux tartines au beurre qu'Antoinette avait mises dans un vieux sac en papier qui avait contenu des grains de café. Toutes les mères le faisaient au Petit-Fort et cette pratique donnait au pain un goût merveilleux de Moka en pleine semaine. Mais là, les autres filles tiraient de leur poche des biscuits tout faits. Elle n'osa pas boire non plus à la petite bouteille à bière remplie de thé à groseilles. Les autres avaient des gourdes en métal remplies de boissons qu'elle ne connaissait pas.

Elle fut bien contente de retrouver sa mère accompagnée de Mimi dans son landau et de Martin récupéré à l'école maternelle juste à côté. Maryvonne arrivait en courant, le sourire aux lèvres. Elle était la seule à avoir une mine réjouie. Martin, petit bonhomme fatigué par cette première après-midi d'école de toute sa vie, avait encore des hoquets de révolte dans la gorge et Mimi regardait autour de lui sans broncher.

— Qu'est-ce qu'il y a Miette ?

— J'aime pas cette école.

— Tu t'y habitueras, tu verras.

— Non. J'aimais mieux madame Ponchelle et mademoiselle Leroy. Et mes camarades. Je voudrais retourner au Petit-Fort.

— C'est pas possible, on vit ici maintenant.

— J'aimerais bien habiter chez grand-mère.

— Tu dis n'importe quoi. Allez, avance !

— Colette, elle habite bien avec grand-mère et grand-père, non ?

— Oui mais elle, elle n'a pas la chance d'avoir une maman.

Antoinette pensait en son for intérieur que son aînée décidément n'était pas comme les autres enfants. Miette était restée clouée sur place en entendant la réponse de sa mère. Elle venait de réaliser pourquoi sa cousine vivait chez leurs grands-parents. Elle le savait depuis toujours, mais elle n'y avait jamais fait attention. Pas avoir de maman ?

— Oui, mais elle a un papa, je l'ai déjà vu chez mémère. Et il l'a laissée avec mémère.

— C'est vrai, mais il est marin, il n'est pas souvent chez lui. C'est pour ça.

— Alors, moi je pourr…

Antoinette se mit en colère.

— …T'arrête ton cinéma ? Avance et tais-toi !

Miette sentit qu'il valait mieux ne pas répliquer. Elle ne se rendait pas compte que sa proposition venait d'ébranler sa mère qui pensait : Quelle enfant ingrate ! sans comprendre que sa fille l'aimait autant qu'elle le pouvait mais qu'elle ne supportait pas d'avoir changé de vie.

Antoinette continua son chemin avec ses quatre enfants. Elle passa devant la boucherie où elle comptait bien venir acheter sa viande. Le magasin était propre et ça sentait bon quand la porte s'ouvrait sur un client.

Miette se tenait le long du mur sans lâcher la main de sa petite sœur. Elle marchait tête baissée, toute à sa révolte de ne pas être entendue par sa mère, quand elle arriva devant une fenêtre située au ras du trottoir. Elle savait que les Malouins louent leur maison ou leur appartement à des baigneurs pendant les vacances et que pendant les mois d'été, ils vivent dans leur sous-sol. Ça aussi, c'était bizarre !... Mais là, il n'y avait pas de rideau et malgré le froid de janvier, la fenêtre restait ouverte. On avait vue plongeante dans le sous-sol. Elle y jeta machinalement un coup d'œil.

Elle s'arrêta net.

Au-dessus d'un chaudron, quelqu'un vidait une bassine de sang et quelqu'un d'autre le battait avec un grand fouet. L'ogre ! C'était l'ogre que racontait mademoiselle Leroy. Entre fascination et répulsion, elle ne pouvait pas détacher son regard. Maryvonne la tirait en hurlant : « Maman, Miette n'avance pas. »

Sa mère se retourna. Elle vit sa gamine clouée sur place, la bouche grande ouverte sur un cri qu'elle n'arrivait pas à sortir. D'une main, Antoinette souleva Martin qui trottinait à côté d'elle et de l'autre, elle poussa la voiturette de Mimi le plus vite possible pour comprendre ce qui arrivait à sa fille.

Elle la secoua, sans effet. Elle regarda alors ce que regardait l'enfant. Elle éclata de rire.

— Ils font du boudin, Miette. Viens !

— Du boudin ? On le fait avec du sang ? C'est dégoûtant. J'en mangerai jamais.

— On verra ça plus tard. Avance !

Quelle journée ! Et pourtant elle n'était pas finie. Il fallait recouvrir les cahiers et le livre donnés par la maîtresse puis coller des étiquettes dessus.

Miette s'appliqua à plier proprement le papier bleu que sa maman avait acheté en prévision. Elle lui fut reconnaissante d'y avoir pensé mais elle ne le lui dit pas. Elle se contenta de lui montrer le résultat final.

— C'est bien, ma fille. Tu as travaillé comme il faut. Reste juste à écrire ton nom et après tu remettras tes affaires dans ton sac pour demain matin. Bon, il faudrait faire vite maintenant parce que j'ai besoin d'avoir la table pour le souper. Dépêchez-vous !

Miette s'appliqua pendant que Maryvonne commençait à apprendre une poésie par cœur à haute voix. Et que leur mère donnait à manger à Mimi.

La cuisine était si petite que la table restait collée contre le mur en dehors des repas et elle servait pour tout : les devoirs, la préparation des repas, le repassage, les repas eux-mêmes. Il n'y en avait pas d'autre dans l'appartement. Mais Antoinette s'en accommodait. Avoir un évier avec l'eau courante lui importait plus qu'avoir une cuisine plus grande. Elle ne prit pas la peine de vérifier les étiquettes. Miette savait écrire comme il faut maintenant.

Maxime arrivé juste pour se mettre à table, écouta d'une oreille distraite le récit de la journée. Il avait fort à faire lui aussi à Dunkerque où les dockers manifestaient à tout-va.

La nuit parut longue à Miette qui eut du mal à s'endormir.

* *
*

— Sortez vos affaires, les enfants, dit la maîtresse après avoir vérifié du regard si toutes les fillettes étaient présentes.

Puis elle s'approcha de Miette.

— Montre-moi ton livre et tes cahiers, mon petit.

La gamine s'exécuta sans un mot.

— C'est bien. C'est toi qui les as recouverts ?

— Oui, madame.

— Pourquoi as-tu écrit « Miette Fournier » sur les étiquettes ?

— Parce que c'est mon nom !

— Non… Sur la fiche d'inscription, je lis : Edwige Fournier.

L'enfant resta sidérée. Se pouvait-il que son nom ne soit pas son nom ? Qu'elle soit quelqu'un d'autre ? C'était trop en peu de temps. Elle éclata en sanglots. Les autres ne savaient pas trop si elles devaient rire ou compatir.

— On t'appelle comment chez toi ?

— Miette, madame.

— Bon. C'est sans doute un surnom. Ce n'est pas grave. Mais ici je t'appellerai Edwige. Et pourquoi on t'appelle Miette ?

— Parce qu'elle est toute petite comme une miette, tiens, déclara une gamine.

Et les autres de rire à gorges déployées. La maîtresse demanda le silence. Miette renifla une fois ou deux et elle se calma. Ah, elle était petite comme une miette ? Tant mieux. Elle leur montrerait à ces méchantes comment on pouvait travailler quand on est petit.

Elle s'obligea à une attention qui surprit la maîtresse. Elle levait le doigt seulement quand elle était sûre de la réponse. Le reste du temps, elle se taisait.

Chez elle, elle ne raconta rien de ce qui la faisait souffrir.

Mais à la récréation de l'après-midi, elle sortit son pain serré dans un paquet à café usager. Elle but son thé à groseille au goulot. Les autres faisaient cercle autour d'elle sans trop oser l'attaquer. La maîtresse les regardait d'un œil sévère.

Le soir, Maxime fut surpris du mutisme de sa fille.

— Ça ne va pas, Miette ? Pourquoi tu ne dis rien ?

— Ben, j'ai rien à dire…

Derrière elle, Antoinette haussa les épaules comme pour avertir Maxime qu'il valait mieux changer de conversation. Puis elle dit, en faisant bouger les lèvres sans sortir un son, à la façon des sourds, que c'était comme ça depuis le matin. Elle ajouta à haute voix :

— Est-ce que tu veux aller à l'étude ? Ta maîtresse me l'a proposé pendant que tu embrassais Mimi tout à l'heure.

— Non. J'aime mieux faire mes devoirs ici.

— Pourtant tu dis qu'il n'y a pas assez de place sur la table quand on est tous là le soir.

— J'aime mieux revenir en même temps que Maryvonne et Martin. Et ça ne m'empêchera pas de faire mes devoirs comme il faut.

— C'est drôle. Au Petit-Fort, tu pleurais pour y aller.

— Oui, mais c'était au Petit-Fort avec mes camarades, répondit l'enfant dans un souffle.

Ses parents virent ses yeux se fixer sur l'intérieur. Ils n'eurent pas de mal à comprendre qu'elle songeait à ses amies. Les derniers mois d'ailleurs au Petit-Fort, il n'était pas rare qu'elle parte à l'école en avance avec l'une ou l'autre pour allumer le feu ou nettoyer le tableau noir. Sa préférée était Nora, même si elle était dans la classe au dessus. Sa grand-mère Malvina avait été une des voisines de grand-mère Fanny avant la guerre, puis après la guerre, son jardin rejoignait celui des Fournier rue de Gravelines. Aux beaux jours, quand le vieil oncle vivant chez Nora faisait des frites sur un feu installé en plein air dans la cour, tous les enfants du coin rappliquaient par les jardins. L'oncle emballait les frites dans un cornet en papier journal pour un régal sans pareil. Et quand mémère Fanny avait eu sa nouvelle maison à la Toussaint l'année dernière, les parents de Nora avaient retrouvé la leur juste à côté, comme avant la guerre.

Ni Antoinette ni Maxime ne posèrent de question. Les yeux brillants de larmes de leur fille étaient comme un livre ouvert où ils pouvaient lire sans peine. Plus de jardin, plus de camarades… Qu'allait-elle devenir ? Où jouer ? La plage de Malo était trop loin de l'appartement et ses parents ne la laisseraient jamais y aller seule comme il lui arrivait de le faire au pays. Là, pas question. On ne connaissait personne encore. Il y avait bien un terrain vague derrière l'appartement où les enfants auraient pu jouer, mais un gros chien attaché au bout d'une longue corde empêchait les gens d'approcher de la menuiserie située dans le fond. De toute façon, elle n'en avait aucune envie.

Ce soir-là, la fillette apprit particulièrement bien ses leçons. Et dans le fond d'elle-même, elle se jura de ne plus jamais parler patois. Elle n'en avait pas honte, mais elle avait découvert la cruauté de ceux qui se croient mieux que les autres parce qu'ils parlent autrement.

Le lendemain, elle eut 20 sur 20 à l'interrogation. Sa voisine la regarda avec étonnement.

À la fin du mois, elle était troisième au classement. Mais elle n'aimait toujours pas l'appartement ni l'école.

# XIII

## Boulevard Léo Lagrange

CONTRAIREMENT à sa petite fille, Fanny se sentait bien depuis qu'elle avait déménagé. Un peu comme si elle avait retrouvé sa maison d'autrefois bâtie au pied du Phare. Maintenant, la nouvelle était près du Sémaphore à angle droit par rapport à l'emplacement de la première, si bien que l'ensoleillement y était un peu moindre. Mais les fenêtres bien larges, les toilettes dans le couloir, l'eau sur l'évier lui faisaient oublier la luminosité plus discrète. Et elle avait donné carte blanche à Maurice en lui disant qu'il pouvait utiliser tout le haut pour s'installer avec sa femme Irène et leur fille.

Son fils avait donc aménagé adroitement l'étage en créant un palier sur lequel s'ouvrait la chambre qui donnait sur le boulevard, une deuxième de l'autre côté d'où l'on voyait un bout de plage au-delà de la dune en montant sur une chaise et une toute petite pièce disposant d'une lucarne. Presque un vrai appartement. S'il y avait eu de l'eau et des toilettes à l'étage, ils auraient tous pu se croire dans un palace. Mais c'était déjà bien.

Fanny avait installé sa chambre en bas dans la pièce de devant. Le petit lit de Colette se tenait au bout du sien et, à côté de la fenêtre, elle se réservait une chaise pour voir l'animation dehors tout en ravaudant chaussettes et torchons.

Julien aimait aussi cette nouvelle demeure mais il n'eut de cesse de boucher l'accès au petit blockhaus individuel resté gueule ouverte dans le terrain derrière. C'était sa hantise qu'un enfant y tombe et qu'on ne puisse l'en sortir. Avant d'avoir réussi à le combler, il menaça filles et garçons que le premier qui approcherait du trou aurait la fessée de sa vie. Aucun n'osa le braver. Quand il eut fini, il prit le temps de se rendre à la mairie pour proposer ses services comme garde-plage pendant l'été. Il préférait être dehors plutôt que dedans en bon ancien marin pêcheur qu'il était, même s'il se sentait bien chez lui le soir. On lui répondit que pour l'instant un ancien militaire avait déjà été retenu, mais qu'il pouvait laisser son nom et son adresse. On ne savait jamais.

Miette affectionna cette maison tout de suite. Dès qu'elle le pouvait, elle y courait. Entre le moment où Fanny eut les clés et le moment de partir à Malo-les-Bains, elle y passa tous les jeudis et même les dimanches de l'année qui finissait. Elle adorait pouvoir aller sur la plage en deux secondes en sortant par derrière. Elle grimpait sur la dune, et là, elle découvrait la mer d'un seul coup. Son odeur salée qu'elle goûtait par le nez et la bouche lui était nécessaire.

* *
*

Quand le déménagement de sa fille à Malo-les-Bains approcha, Fanny n'eut pas trop le temps de se lamenter. Maurice et Irène remplaceraient Antoinette et Maxime dans la petite maison rue de Gravelines et elle s'obligeait à penser que c'était une bonne chose de se retrouver enfin seule avec Julien dans une chambre à l'étage. Colette aurait la sienne à côté.

Ce n'est qu'une fois Maurice parti qu'elle réalisa la situation : Colette fréquentait l'école toute la journée, il n'y avait plus de corvée d'eau jusqu'à la pompette, plus de petits enfants à surveiller pour permettre à sa fille et son beau-fils d'aller à Dunkerque ou à Calais en autobus… Le vide !

Dans un premier temps, Fanny se rapprocha de Zabelle et de ses sœurs. L'une vivait dans un chalet américain qui faisait l'admiration de tous et l'autre avait retrouvé une belle maison à côté de la droguerie. Il était facile d'aller leur dire bonjour en passant. Mais, même si les trois sœurs s'entendaient bien, elles ne pouvaient passer toutes les après-midi ensemble.

Alors Fanny se rappela que les autobus n'étaient pas faits pour les chiens. Elle se renseigna pour aller jusqu'à Malo-les-Bains. C'était facile. Elle décida d'y aller toute seule d'abord.

Oui, mais comment prévenir Antoinette ? Aller jusque là-bas pour trouver porte close, c'était un peu bête. Comment faire ? Il fallait écrire. Julien accepta de faire la lettre.

La réponse parvint très vite. C'est Miette qui avait écrit sous la dictée de sa mère. « Tu peux venir jeudi de la semaine prochaine, Grand-Mère. On ira te chercher »

* *
*

Fanny vit Maxime et ses deux petites-filles qui l'attendaient à l'arrêt principal. On s'embrassa et on reprit un autre autobus jusqu'au coin de la rue qui donnait dans celle de l'appartement.

La vieille femme ressentit exactement ce que Miette avait ressenti en montant pour la première fois l'escalier étroit qui débouchait sur le palier du premier étage. Une oppression qui s'accrut lorsque Antoinette, les entendant monter, ouvrit la porte qui donnait sur la cuisine. C'était clair et presque coquet, mais vraiment petit. Où pouvaient donc jouer les enfants ? Après les embrassades et le tour de l'appartement, Maxime tira la table au milieu pour mettre les couverts.

— Je t'ai fait du lapin, m'man, tu aimes toujours ? demanda Antoinette.

Oui, Fanny aimait toujours le lapin, synonyme de rencontres familiales, de ducasse ou de baptême, mais ce jour-là, elle n'était pas à la fête. Elle avait été touchée et intriguée par les baisers de Miette qui s'était jetée dans ses bras avec emportement au sortir de l'autobus.

— Ah, mémère, mémère comme je suis contente !

— Moi aussi, avait-elle répondu en la soulevant de terre pour bien l'embrasser.

Et l'enfant lui avait glissé tout bas à l'oreille :

— Je veux repartir avec toi ce soir.

Fanny l'avait reposée par terre en riant :

— Et l'école ? Qu'est-ce que tu en fais ?

— Rien, avait répondu l'enfant en soulevant les épaules. Rien du tout. Je déteste l'école.

— C'est nouveau, ça ! Depuis quand tu n'aimes plus l'école ?

— Depuis qu'on habite ici.

— L'écoutez pas, Fanny. Elle fait l'intéressante, avait déclaré Maxime en prenant le sac de sa belle-mère qui put ainsi donner la main à ses deux petites-filles.

N'empêche qu'en sortant du deuxième autobus, ils étaient passés devant le groupe scolaire et que Miette avait détourné son regard. Maryvonne au contraire avait crié :

— Regarde mémère, c'est mon école.

Bon, au moins un de mes petits-enfants est heureux dans sa nouvelle vie, avait pensé l'aïeule.

* *
*

Miette mangeait son lapin du bout des lèvres.

— Qu'est-ce qu'il y a encore ? demanda Antoinette, excédée par ce qu'elle prenait pour des bouderies. Tu n'es jamais contente, ma fille !

— Pourquoi tu n'aimes plus l'école ? demanda Fanny.

— Parce que !

La vieille femme savait que pour un enfant cette réponse était suffisante en elle-même et qu'il était inutile d'insister. Elle mangea donc son bout de tarte en félicitant Antoinette qui l'avait bien réussie et, malgré le temps frais de la fin février, elle proposa d'aller visiter la ville en précisant :

— ... pas Dunkerque que je connais déjà, mais Malo-les-Bains. On va jusqu'à la plage, les enfants ?

— Oui, hurla Miette.

— Ce sera un peu difficile m'man, fit remarquer Antoinette. Mimi fait encore la sieste l'après-midi, Martin dort dans son assiette, il va en faire autant et Maxime prend son poste à 14 heures...

— Et moi, j'ai pas envie de marcher, assura Maryvonne.

— On peut y aller à deux, Grand-mère, s'empressa de dire Miette. Je connais la route, on est déjà allé voir la plage. Et je me souviens du chemin.

Main dans la main, l'aïeule et l'enfant longèrent les trottoirs jusqu'au poste de police qu'on voyait se dessiner au bout de la rue en contre-jour sur la mer. Une fois arrivées, elles prirent la digue à gauche en direction de Dunkerque.

— Pourquoi tu n'aimes plus l'école, Miette ?

— Parce que.

— Tu peux m'en parler, tu sais, je ne le dirai à personne. Je te le promets. Regarde, je jure.

Voir sa grand-mère cracher dans la main droite avant de la lever, paume ouverte vers l'extérieur au niveau du visage, fit sourire l'enfant. Elle se rapprocha le plus près de Fanny et elle expliqua tout. Les mots patois, les rires des autres filles et son prénom qui n'était pas son vrai prénom.

— … pourquoi, mémère ?

— Bah, tu sais, il y a plein de gens qu'on appelle autrement.

— Qui ?

— Ta maman par exemple, son vrai prénom, c'est Marie-Antoinette, Mimi c'est Michel et le mien, c'est Stéphanie. Ça va plus vite à dire, c'est tout.

— Maman s'appelle Marie-Antoinette ?

— Oui.

— Mais pourquoi on m'appelle Miette ?

— Parce ton grand-père n'arrive pas à dire « Edwige » comme il faut.

— Ah !… Mais… Ça alors… ! Marie-Antoinette, Maxime, Maryvonne, Martin et Michel… Tu ne trouves pas ça bizarre, mémère ?

— Quoi ?

— Je suis toute seule à ne pas avoir de M.

— Qu'est-ce que tu racontes ? Pas avoir de *aime* ? Ça veut dire quoi ?

— Ben oui ! Écoute bien : Marie-Antoinette, Maxime, Maryvonne, Martin, Michel… Ça commence toujours par un M.

— Et Miette aussi, fit remarquer Fanny qui venait seulement de comprendre.

— Oui, mais la maîtresse d'école m'a dit que c'est pas mon vrai prénom. Et puis tu sais bien, je suis la seule à ne pas être née au Petit-Fort. Je ne suis pas comme tout le monde, on dirait.

— Je vais finir par le croire, dit Fanny en riant. Grande bête, va !

Elle serra la main de sa petite-fille encore plus fort dans la sienne. Comme libérée par ses confidences, l'enfant avait retrouvé son sourire.

— On court, mémère ?

Elles coururent aussi vite que les jambes de la plus âgée le pouvaient. Le froid piquant faisait pleurer leurs yeux.

Elles reprirent bientôt le chemin du retour, le jour commençait à tomber. L'autobus Salomé n'attendrait pas les retardataires… Miette saoula sa grand-mère de questions encore sur tout et sur rien. Elle insistait en particulier sur la possibilité d'aller au Petit-Fort en autobus toute seule.

— Tu vois, je pourrai aller chez toi le mercredi soir après l'école et revenir le jeudi soir… Tu veux bien, dis, mémère ?

— T'attendras que j'aie un lit en plus pour toi. Et de toute façon, pour l'instant, il fait encore trop vite noir pour que tu prennes l'autobus toute seule.

L'aïeule et l'enfant exposèrent leur idée à Antoinette en revenant à l'appartement. Maryvonne cria aussitôt :

— Moi aussi, moi aussi, je veux aller au Petit-Fort le mercredi soir.

— Quand il fera meilleur les enfants, on en parlera. Pour l'instant on va tous accompagner grand-mère à la station d'autobus. Habillez-vous les filles, répondit Antoinette avant de mettre manteaux et bonnets aux plus petits.

On repassa devant l'école. Miette ne tourna pas la tête de l'autre côté. Ce n'était plus important.

* *
*

Dans l'autobus, Fanny repensa à cette journée où elle avait reconnu chez sa petite-fille le même sentiment d'exil que celui dont elle avait souffert pendant la guerre. Abandonner sa maison quand les Allemands dynamitaient les habitations trop près de la plage et partir à l'aventure l'avait marquée à tout jamais. Elle se dit qu'elle se débrouillerait pour trouver un lit afin que ses deux petites-filles puissent venir passer tous les jeudis chez elle.

Deux jours après, c'était fait. Julien écrivit à sa fille que les gamines pouvaient venir quand elles le voudraient.

L'habitude fut bientôt prise : le mercredi soir sans exception, Miette et Maryvonne se précipitaient pour prendre l'autobus de 5 heures de l'après-midi en direction du Petit-Fort. Rien ne les aurait arrêtées. Elles revenaient le jeudi soir par le même moyen.

La conséquence directe fut que l'aînée se remit à travailler avec plaisir à l'école. Bientôt sa voisine lui proposa des bonbons avant chaque interrogation pour avoir le droit de regarder sur sa copie. Au début, Miette accepta puis, petit à petit, elle se rebella. Pourquoi devrait-elle travailler pour deux ? C'était pas normal. Un jour, elle refusa les sucreries, et elle se tourna vers l'autre côté de la table en rédigeant ses exercices, dos courbé sur son cahier. La maîtresse comprit. Elle sépara les deux enfants sans faire d'autre commentaire que :

— Tu verras mieux au fond de la classe là-bas près de la fenêtre, Miette.

Elle savait bien qui méritait les bonnes notes mais elle ne voulait pas humilier l'une au profit de l'autre.

Miette se retrouva donc toute seule sur un bureau pour la première fois de sa vie et elle trouva cela formidable. Elle pouvait étaler cahiers et livres à sa mode. Un régal. Elle finit par aller à l'école de bon cœur mais elle resta solitaire. Les autres élèves n'acceptaient pas qu'une fille de rien du tout qui ne savait même pas parler français quand elle avait débarqué en pleine année scolaire, les dépassât. Maintenant elle ne parlait plus patois, même chez elle, mais les filles de la classe nourrissaient une sorte de jalousie tenace envers cette étrangère qui avait dérangé l'ordre du classement établi entre elles depuis la maternelle.

Au mois de juin, elle fut première de sa classe. Elle n'en tira aucune joie particulière. Sauf que sa mère et son père lui donnèrent l'autorisation de passer les vacances tout entières au Petit-Fort en récompense. Ça, c'était rudement bien.

## XIV

## Le dégagement des cadres

L'ÉTÉ PASSA comme un éclair.

Miette et Maryvonne pleurèrent à chaudes larmes quand Maxime et Antoinette vinrent les rechercher fin septembre. Il était temps pourtant. L'école reprenait le lendemain. L'automne s'installait déjà. Il faisait froid le matin et le soir. Fanny avait rallumé son feu au charbon depuis huit jours quand sa fille et son gendre débarquèrent de l'autobus avec les deux garçons. Ils n'étaient venus qu'une seule fois pendant les vacances, le 15 août, exactement. Et à cette occasion, ils avaient revu le camarade Robert parti depuis plus d'une année s'installer dans l'Avesnois avec toute sa famille.

Pour les fillettes, la vie reprit son rythme habituel. Du lundi au mercredi : école. Du mercredi soir au jeudi soir : Petit-Fort. Le départ et le retour en autobus prenaient des allures de rituels incontournables. Martin et Mimi commençaient à se dire d'ailleurs, qu'un jour, eux aussi auraient le droit d'aller avec leurs grandes sœurs. Les vendredi et samedi : école. Le dimanche après-midi : promenade avec les parents ou avec maman seulement quand papa était de garde. La vie semblait organisée d'une façon immuable.

Mais un soir de la fin octobre, Maxime revint chez lui en proie à une excitation étrange. La police proposait aux agents qui le souhaitaient de partir contre une sorte de prime au départ. Depuis que la paix était définitivement installée, le pays n'avait plus autant besoin d'eux. Cette mesure exceptionnelle permettrait de faire baisser le nombre des policiers sans provoquer de manifestations syndicalistes.

Maxime montra à sa femme une feuille sur laquelle on pouvait lire : *Dégagement des cadres de la police.* Et c'était vrai que la somme semblait intéressante même pour ceux qui, comme lui, n'étaient titulaires que depuis peu.

— Bon, admettons que tu acceptes de partir, qu'est-ce que tu ferais ? Tu as un bon salaire, même si ce n'est pas le Pérou… Tu referais boulanger ? demanda Antoinette qui n'en revenait pas.

Maxime se contenta de faire aller sa tête de haut en bas. Elle ouvrit la bouche de surprise pendant un centième de seconde avant d'ajouter :

— Non ? C'est pas vrai ?

— Si.

— Où ?

— Chez moi, chez nous, si tu veux bien.

— Chez nous ? Tu dérailles, répondit Antoinette qui savait pourtant à quoi songeait son homme.

Depuis que son camarade Robert avait repris une boulangerie à Bavay, pas loin de Maubeuge, Maxime rêvait d'en faire autant.

— Non. Je t'assure qu'avec cette prime, on pourrait acheter un fonds de commerce. Il suffit d'en trouver un pas trop cher. Une affaire qu'on pourrait remonter à deux. T'aimerais pas avoir une boulangerie à nous ? Je te vois bien au comptoir. Tu sais bien lire, bien compter, tu es avenante...

— Et les gamins, qui s'en occuperait ?

— Oh, allez ! Robert et sa femme sont partis avec cinq enfants et ils en attendent un autre. On peut en faire autant, non ?

— Ils sont fous, ça les regarde. Moi je me plais bien ici à Malo.

— Moi non, intervint Miette qui avait écouté sagement tout en faisant ses devoirs. J'aimerais bien aller ailleurs.

— C'est pas les enfants qui décident, répliqua Antoinette sans la regarder. Tu te rends compte Maxime de ce que tu proposes ? Ici, tu es sûr d'avoir ton mois qui tombe sans faire un pli... Tu travailles pas souvent la nuit... Exactement ce que tu voulais… Et tu parles de reprendre une boulangerie ? Alors que tu as quitté le métier parce que tu ne voyais pas assez les enfants et que tu ne gagnais pas grand-chose par rapport au travail fourni ?

— Oui, mais à notre compte, ce ne serait pas la même chose. On serait sur place tous les deux.

— On verra. On a le temps d'y penser, non ?

— Non, justement. Le dégagement des cadres sera effectif dès le 1er décembre. Il faut se décider ces jours-ci.

— Mais on est fin octobre… On a le temps…

— Ben non justement. Il faut se décider tout de suite. Je suis allé à l'agence immobilière du Nord qui revend des affaires commerciales. Il y a deux propositions qui pourraient nous convenir.

— Quoi ? Tu as déjà tout combiné ? Sans m'en parler ?

Antoinette était hors d'elle. C'était la première fois que son homme lui faisait un coup pareil. Et pour une première fois, c'en était un de taille : décider tout seul de l'avenir de toute la famille. Elle eut envie de le battre, de le faire crier jusqu'à ce qu'il renonce à son idée épouvantable. Elle aimait vivre ici tranquillement dans son petit appartement. Bon, c'était vrai que les enfants n'avaient pas beaucoup de place pour jouer, mais il y avait la cour, même s'ils n'aimaient pas y descendre et puis ils finiraient bien par avoir des camarades chez qui ils pourraient aller. Non, c'était pas une bonne idée de vouloir partir à l'aventure. Refaire ses valises, repartir, refaire sa vie ailleurs ? Non, trois fois non !

Elle se replia sur elle-même sans parler de toute la soirée. Les enfants, surpris, restèrent silencieux eux aussi. Mais Maxime ne s'en rendit même pas compte. Il était déjà là-bas dans la boulangerie qu'il imaginait.

Le lendemain, il posta sa lettre pour bénéficier de la prime au départ. La police qui préférait indemniser les derniers arrivants qui coûtaient « moins cher » à l'État, agréa sa demande dans la semaine.

Alors, contre toute attente, Antoinette mise devant le fait accompli, décida de faire ce qui était en son pouvoir pour que le rêve de son homme se réalise. Sa vie était avec lui. Qu'importait si le choix qu'il faisait était dur pour elle. Elle se mit à rêver, elle aussi, du cliquetis des pièces sur le comptoir d'une boutique rutilante sentant bon le pain frais.

Quand Fanny fut mise au courant la semaine suivante, elle réalisa tout de suite ce que cela signifiait. Depuis qu'Antoinette habitait à Malo-les-Bains, le fait que Miette et Maryvonne viennent passer chaque jeudi chez elle, l'empêchait d'être malheureuse. Mais cette fois, il était question d'un départ plus lointain vers une destination où les autobus Salomé n'allaient pas. Elle ne verrait plus ses petits enfants qu'une fois ou deux l'an… Et l'absence pour elle était une cruauté qu'elle ne pouvait accepter, quelque chose qui ressemblait à une mort anticipée.

Elle en connaissait des gens dont les enfants partis au loin n'étaient jamais revenus. Des petits-enfants à peine aperçus sur des photos envoyées chichement aux parents restés au pays à attendre une visite jamais rendue. Même pas le jour de l'enterrement du père ou de la mère. « Vous comprenez, c'est pas un spectacle pour des gamins, et de toute façon, ils ne se connaissaient pas, alors… » disait le fils ou la fille indigne pour excuser le voyage rapide ; nécessaire simplement pour voir le notaire, des fois qu'il y aurait du bien à récupérer… Mais comment dissuader son beau-fils de partir ? Et comment influencer Antoinette qui était d'accord maintenant ?

Pendant un mois, rien ne changea dans l'ordonnance des semaines. L'aïeule remarqua juste une sorte de fièvre chez l'aînée de ses petits-enfants qui parlait, les yeux brillants, de la nouvelle école où elle irait avec un plaisir qui faisait entrevoir la froideur qu'elle éprouvait pour celle de Malo-Les-Bains.

— Mais tu ne sais même pas où tu vas aller vivre, Miette.

— Non, mais papa a dit que ce serait sûrement à côté de Bavay, comme ça, on pourrait aller chez son camarade Robert.

Bavay ! À côté de Maubeuge, tout près de Colleret… Décidément, l'Avesnois faisait bien partie de l'histoire de la famille…

# XV

# Hautmont

Tout se précipita. En quelques jours, Maxime alerta son camarade Robert qui partit visiter deux boulangeries à vendre pas très loin de chez lui. Celle d'Hautmont, beaucoup moins chère, était en piteux état, mais il la lui conseilla. Il n'y en avait pas d'autre tout près et le quartier populaire promettait des clients. La seconde, en pleine ville à Maubeuge, lui paraissait plus difficile à « remonter » comme il disait.

Antoinette accepta vite l'idée de vivre dans une maison disposant en bas, aux dires de Robert, d'un magasin, d'une grande pièce de séjour et d'une petite cuisine ; de quatre chambres à l'étage et, au dessus, d'un grenier faisant toute la surface de la maison. Séparé de l'habitation par une cour carrelée, le fournil longeait un beau jardin disposant d'un abri assez grand pour ranger voitures et vélos. Bien sûr, Robert avait prévenu qu'il n'y avait aucun confort moderne ; un seul point d'eau courante à l'intérieur et toilettes à l'extérieur ; mais ce n'était guère différent de ce qu'elle avait connu jusque-là. Elle retenait surtout que les enfants auraient de la place pour jouer.

Maxime prit alors le train pour Hautmont afin de conclure l'affaire devant notaire si tout allait bien. Il revint avec le sourire « Les boulangers nous font confiance, Antoinette. J'ai signé un compromis et la vente se fera le lendemain de notre déménagement, comme ça, on économise un voyage, c'est toujours ça de gagné… »

Elle fit les bagages dans l'allégresse.

Miette, leur fille aînée, ne prit même pas la peine de dire au revoir aux élèves de sa classe ni à sa maîtresse. Elle balaya les deux années passées à Malo-les-Bains sans sourciller comme si ce n'était qu'un épisode banal de sa vie. Pourtant elle en ressortait totalement transformée : elle ne parlait plus patois sauf quand les mots du Petit-Fort n'avaient pas d'équivalents exacts en Français.

Elle mit dans son sac les livres qu'elle avait reçus en fin d'année avec leurs mentions flatteuses. Elle y ajouta celui qu'elle n'avait jamais lu à cause des images horribles montrant des gens en train de cuire dans une grande marmite au milieu d'un attroupement d'Indiens aux plumes bigarrées. Elle n'oublia pas la boîte à mouchoirs transformée en coffre à crayons. Elle laissa les ailes d'anges chez mémère Fanny qui lui promit de bien en prendre soin.

Finalement, seule Fanny était triste.

* *
*

Il était convenu avec le déménageur que la famille ferait le voyage dans le camion. Il avait bricolé sa cabine pour lui donner une allure d'autobus. Et comme les meubles n'étaient pas bien nombreux, ça allait. On pourrait laisser Mimi et même Martin dans leurs poussettes juste à côté de leur mère.

En ce vendredi 2 janvier 1953 au très petit matin, il faisait un froid de chien. Antoinette habilla les enfants comme des esquimaux. Elle-même mit par-dessus son gros manteau, le châle que sa mère lui avait tricoté. Et Maxime avait prévu la canadienne qu'il mettait pour faire la route à moto quand ils habitaient encore au Petit-Fort.

Il y avait une sorte de chaufferette dans le camion. Les enfants purent continuer leur nuit, sans s'occuper de l'inconfort de leurs positions.

Au fur et à mesure que le camion roulait, la neige se mit à tomber. Pour Maxime et Antoinette ce fut comme un retour en arrière. Ils se revirent faisant la route inverse dans le froid et la neige de l'hiver 1945 pour retourner chez eux après une année d'exode à Colleret. Miette avait un an, Maryvonne allait naître quelques semaines après. Mais cette fois, une maison et un travail les attendaient. Et ils étaient confiants.

En se réveillant, les enfants s'émerveillèrent des flocons qui tourbillonnaient dans un décor nouveau pour eux. Les arbres ployaient sous la neige qui leur donnait des allures féeriques. Pour Miette, c'était sûr, la nouvelle maison ressemblerait au château merveilleux de la Belle au Bois Dormant. Et dans sa nouvelle école, les autres élèves seraient gentilles. Elle les aimerait bien.

Le camion dut ralentir son allure en approchant de l'Avesnois. Il s'était arrêté plusieurs fois en campagne aux moments des haltes pipi obligatoires pour les enfants et même pour les adultes, mais le chauffeur tremblait quand il remettait son moteur en route. Et s'il tombait en panne ? Au dernier arrêt, l'homme laissa son moteur tourner et il demanda à chacun de se retenir désormais jusqu'à destination.

— Vous savez, à Hautmont il y a des côtes à grimper, j'espère que ça ne glissera pas trop. Vaut mieux se dépêcher avant le noir.

Il accéléra l'allure au maximum. Mais il arriva à la nuit tombée. Il trouva la rue sur les indications de Maxime.

* *
*

La boutique était encore ouverte. Un vieil homme et une vieille femme sortirent sur le pas de la porte. Ils étaient voûtés, blancs de cheveux et blancs de teint. L'air las et malade. La femme surtout dont on devinait des bandages autour des jambes qui lui faisaient des guêtres souillées de traces de sang et de sale. Antoinette réprima un mouvement de surprise et de gêne. Elle jeta un œil interrogateur sur Maxime qui s'avançait rapidement pour leur serrer la main sans la regarder. Il avait évité de donner trop de détails à sa femme. Il devinait ses interrogations ; il serait temps d'y répondre tout à l'heure.

— Entrez les enfants, dit la vieille boulangère dans un sourire qui dévoila une abominable dentition de sorcière.

Miette et Maryvonne se reculèrent d'effroi. Martin était trop fatigué pour réagir et Mimi dormait dans les bras de sa mère.

La famille suivit Maxime derrière le vieux couple. Ils traversèrent un triste magasin. Tout était gris et usé. Antoinette et ses filles eurent envie de se boucher le nez. Une odeur de levain suri les incommodait au point de les faire grimacer de dégoût.

Pourtant ce n'était rien à côté de la pièce dans laquelle ils pénétrèrent ensuite. Elle était vide, à part un poêle à charbon qui broussait bien.

— On s'est dit qu'il valait mieux le laisser en attendant le vôtre, précisa la vieille boulangère.

— C'est aimable à vous. Merci, répondit Antoinette visuellement agressée par la bande de goudron noir qui encadrait chaque mur badigeonné de blanc roussi par l'âge. Comme sur des faire-part de deuil.

Mon Dieu, dans quel enfer Maxime les avait-il conduits ? Comment pourraient-ils vivre ici dans ce décor lugubre ? Avec ces gens qui ressemblaient plus à des fantômes qu'à des vivants ? Et qui allaient rester avec eux dans la maison pendant quinze jours, histoire de leur apprendre à se débrouiller ? Pas étonnant qu'ils leur aient proposé de signer définitivement l'acte de vente le lendemain de leur arrivée. Qui aurait acheté sinon ?

Maxime, lui, continuait à échanger des banalités avec le boulanger comme si de rien n'était, jusqu'à ce que le déménageur vienne le réquisitionner pour les gros meubles.

En attendant que les vraies chaises soient déchargées, les enfants s'assirent docilement sur des caisses en bois qui sentaient le chat. Antoinette, au bord des larmes, en fit autant. La vieille boulangère proposa un bout de brioche avec de la confiture. Les enfants se jetèrent dessus, même Mimi réveillé au bon moment. Il y avait aussi de la limonade qui donna à la circonstance des allures de récréation.

Alors, repus et joyeux, les enfants commencèrent à regarder autour d'eux. Les murs blancs et noirs leur semblèrent bizarres, mais leur regard fut surtout attiré par la suspension accrochée au plafond. Un drôle d'engin avec un poids en laiton qui permettait de baisser ou de relever la grosse lampe au moyen d'une chaînette qui pendait assez bas pour qu'en sautant un enfant puisse l'attraper. Martin qui avait envie de se dégourdir les jambes calculait déjà s'il pourrait le faire en se levant pour s'élancer de la caisse sur laquelle il était assis. Sa mère surprit son regard. Elle le menaça d'une fessée. Le gamin devenait indépendant et casse-cou. Il faudrait le surveiller de près. Mais son sourire malicieux rassura sa mère. Au moins, ses enfants restaient des enfants avides de jouer. C'était bien.

Les meubles et les bagages descendus du camion, le déménageur donna un coup de main pour monter les lits et les armoires là-haut. On découvrit les chambres minuscules. Les boulangers garderaient la plus petite pendant une quinzaine avant de partir dans leur nouvelle maison. Qu'importe, les garçons auraient enfin la leur.

Les enfants s'endormirent très vite. Les adultes restèrent un moment encore pour manger un morceau préparé par la boulangère qui raconta ses misères d'ulcères aux jambes qui l'empêchaient de continuer à travailler.

— … Et puis, vous savez, on n'a pas d'enfants, alors…

Antoinette demanda s'ils connaissaient les écoles de la ville. Maxime n'avait pas eu le temps de s'en occuper pendant son premier voyage. Oui, il y avait des écoles primaires de part et d'autre de la Sambre qui coupait la ville en deux. Et même une école libre, rive droite, qui avait le gros avantage de proposer un service de cantine le midi…

— Vous savez, Antoinette, je peux vous appeler Antoinette, n'est-ce pas ? Vous verrez une fois que le commerce sera relancé, vous ne saurez jamais à quelle heure faire dîner vos gosses… Je serais vous, j'enverrais mes deux filles à l'externat du Sacré Cœur pour la journée. Pour les garçons, il y a une maternelle tout près... déclara la vieille femme.

— On verra ça cette semaine bien sûr, après notre passage chez le notaire, répondit Antoinette qui eut l'impression de voir une expression d'anxiété dans les yeux de la boulangère.

Elle lui sourit de pitié. Il n'y avait pas de souci à avoir. La vente se ferait. Comment imaginer retourner au pays en avouant s'être trompé ? Il n'y avait plus rien pour eux là-bas. Pas question. Le logis était moche ? Le logis était moche ! Et alors ? Il faudrait retrousser ses manches et ça, Antoinette connaissait. Il suffirait de remonter l'affaire petit à petit. Elle réalisa alors qu'elle n'avait pas encore visité le fournil.

— Allez-y avec les hommes, je reste ici pour les enfants au cas où ils appelleraient, proposa la vieille femme

Derrière Maxime et le boulanger, Antoinette traversa la petite cour à la lueur d'une chiche lanterne accrochée au mur. Elle devina sur la gauche le jardin annoncé. Il lui sembla assez grand. Un bon point.

L'unique ampoule électrique du fournil sortit de l'ombre un antique atelier. Un four qu'on chauffait encore en y faisant brûler du bois dont il fallait ensuite retirer les cendres avant d'y glisser les pâtons à cuire. Un pétrin en bois où attendait une boule de levain de la veille qui sentait déjà le suri… Le vieux boulanger expliqua qu'il battait encore la pâte à la main… Une balance à deux plateaux. L'un pour les poids en fonte ou en laiton, l'autre pour la boule de pâte à peser. Une table pour la façonner et, à côté, une plus longue pour poser les baguettes sur une toile qu'on pliait en accordéon au fur et à mesure. Des moules rectangulaires en tôle et de vieilles petites corbeilles rondes ou allongées, sur des étagères. Contre les murs, de hauts paniers en osier pour les baguettes et d'autres, plus carrés pour les gros pains.

— Je vais vous laisser dormir cette nuit, Maxime. Je vais allumer le feu à 2 heures pour enfourner avant 5 heures. Les ouvriers d'Usinor qui sont nos principaux clients, passent de bonne heure par ici.

— Le magasin est ouvert à quelle heure ? demanda Antoinette.

— 6 heures. 6 heures moins le quart, même, certains jours, précisa le boulanger. Et on ne peut pas faire autrement. C'est quasiment le seul moment où on vend.

Maxime sentit le regard étonné de sa femme. Il lui avait caché que la boulangerie tournait autour de huit sacs de farine mensuels. C'est-à-dire huit quintaux. Une misère, quand on sait qu'il faut au moins en vendre cinquante pour vivre normalement. Mais il n'aurait jamais pu acheter une boulangerie au prix demandé pour une affaire qui marchait. Forcément qu'il n'en avait rien dit ! Antoinette n'aurait jamais accepté l'aventure, sinon. Or, il avait la rage de réussir ! Il sourit à sa femme.

— Ne t'inquiète pas, je tiendrai le magasin à ce moment-là.

Antoinette était étranglée. Toute la tension accumulée ces derniers mois et le voyage lui pesaient à pleurer.

Le vieux boulanger s'en rendit compte. Il dit fort simplement :

— Vous savez, à deux, quand on est jeunes et qu'on s'entend bien, c'est un beau métier. Vous finirez par gagner votre vie comme il faut. Pour moi, le drame ça a été la maladie de ma femme. Elle tenait plus debout à un moment et c'est là qu'on a commencé à décliner. Pour vous, ce sera différent. Je vous donnerai un coup de main aussi longtemps que vous en aurez besoin, allez.

N'empêche. Antoinette ne passa pas une bonne nuit. Un bruit de fond comme un ronflement continu accompagnait la nuit et ses pensées. Au bout d'un moment, n'y tenant plus, elle se leva pour regarder par la fenêtre et comprendre d'où venait ce ronronnement ininterrompu traversé parfois de sonorités métalliques. À tâtons, elle mit son manteau d'abord, à cause du froid qui piquait les narines. Elle avait remarqué la difficulté à fermer les fenêtres complètement. L'air passait par les interstices.

Une fois le double rideau tiré sur le côté, elle s'exclama devant le spectacle. À travers la neige qui virevoltait toujours, des gerbes de feu s'échappaient de hautes cheminées qui ne semblaient pas très lointaines. Un jaillissement tumultueux de flammes et de fumées dans un bruit d'enfer. C'était fascinant. Comme un brasier d'Apocalypse.

Maxime se leva lui aussi.

C'était les hauts fourneaux qui employaient des milliers d'ouvriers. On lui en avait parlé, mais il ne les avait jamais vus la nuit.

— … tu vois, les gens qui travaillent là-dedans viendront chez nous chercher leur pain bientôt.

— Si tu pouvais dire vrai.

Ils se remirent au lit, émus par leur espoir.

* *
*

Au matin, le tintement d'une sonnette réveilla la jeune femme. Maxime s'était levé sans la réveiller. Elle remit son manteau qu'elle avait posé au pied du lit. Elle vérifia que les enfants dormaient encore dans les chambres à côté. Elle prit le temps de revenir dans la sienne soulever les tentures. Devant elle, dans la pénombre du matin d'hiver, s'étendait un jardin courant le long de la rue. Au delà, elle voyait encore un autre jardin et ensuite une rangée de maisons.

Était-elle vraiment dans une ville sidérurgique ? Oui, puisqu'elle voyait les hauts fourneaux fumer et qu'elle entendait ce bruit de fond plus régulier encore que celui de la mer. Mais, en face de chez elle, il y avait des jardins et des arbres que la neige recouvrait de splendeur !

Elle sourit en rabattant les rideaux. Elle s'assura une fois encore que les enfants dormaient toujours et elle descendit l'escalier, guidée par l'odeur familière du café.

Dans la pièce, devant le poêle qui ronflait, la vieille boulangère assise sur une des chaises apportées la veille, refaisait le bandage de sa jambe malade. Elle l'avait posée à plat sur une autre chaise. Une odeur pestilentielle s'échappait des chairs meurtries, du produit nettoyant et de l'épaisse pommade que la femme utilisait pour recouvrir les plaies vives. Antoinette eut un haut de cœur qu'elle eut beaucoup de mal à réprimer. Elle dit bonjour avant de demander où elle pouvait faire sa toilette.

— Ici. Regardez, je vous ai mis de l'eau à chauffer et le café est prêt. Ne vous en faites pas, je ne vais pas vous regarder, je pars au fournil. Je vous enverrai votre homme à la place. Vous pourrez boire le café ensemble.

Quand Maxime arriva, il trouva Antoinette en larmes.

— Je ne peux pas vivre comme ça. Dis-lui à cette femme que j'aimerais mieux être toute seule chez moi. Et puis, tu as vu sa jambe ? C'est pas sain pour les enfants.

— Alors là, tu exagères, Antoinette. Elle n'est pas contagieuse quand même et puis comment veux-tu que je le lui dise ?

Alors, dépitée, de toute la journée Antoinette se consacra à l'ouverture des bagages pendant que les enfants occupaient leur temps comme ils le pouvaient. Elle fit du rangement en observant les va-et-vient du magasin sans s'y rendre. Elle prétexta le repas à faire pour éviter de se retrouver auprès de la vieille boulangère. Elle eut le temps de cuisiner pour tout le monde en surveillant les enfants sans être bousculée. L'après-midi se passa de la même façon.

Le lendemain dimanche, Maxime apprit à allumer le four tout seul. C'était une sacrée entreprise. Il fallait mettre les fagots de bois à l'intérieur, les enflammer et surveiller la combustion. Puis enlever les cendres, balayer la sole avec un drôle de balai avant d'y passer un chiffon mouillé pour enfourner les pâtons sans risquer d'avoir la croûte du dessous pleine de résidus brûlés.

Martin accompagnait son père, heureux comme un prince. L'enfant était fasciné par le fournil dont il aimait la chaleur et la vie. C'était bien le seul. Miette et Maryvonne préféraient rester avec leur mère près du poêle à charbon de la cuisine en évitant la vieille boulangère qui déployait pourtant des ingéniosités de gentillesse pour les amadouer. Ce n'est pas qu'elle leur faisait peur mais elles ne savaient que répondre à ses amabilités. Comment auraient-elles pu comprendre que cette femme avait pleuré toute sa vie pour avoir des enfants sans pouvoir ?

Mimi ne quittait pas sa mère d'une semelle, il essayait maladroitement de l'aider. Au bout d'un moment elle lui demanda de jouer avec ses sœurs. Le gamin surpris par le ton se mit à pleurer.

Alors sa mère s'arrêta de ranger pour le prendre dans ses bras. Elle se dit qu'il faudrait aller inscrire ses enfants à l'école le plus vite possible. Ce serait mieux pour tout le monde.

Le lundi après-midi, après une matinée à attendre le client en se marchant dessus dans la pièce aux murs blanc sale entourés d'un cadre noir goudron, elle traversa tout Hautmont avec ses quatre gamins et la poussette malgré la couche de neige qui rendait le parcours périlleux.

Tant que les rues descendaient vers la Sambre, elle s'en sortit encore assez bien mais après la place de l'église, le mouvement de la pente s'inversait.

— C'est la montagne ici ? demanda Miette.

— Non, mais on n'est pas loin de la chaîne des Ardennes.

— Comment tu dis ?

— Les Ardennes.

— On ira les voir, maman ?

— Quand il fera beau et qu'on aura une voiture. Tiens, occupe-toi de la poussette. Je vais prendre Mimi à bras.

La jeune femme fit sensation avec ses quatre enfants et le landau en arrivant à l'école. Longue robe noire, voile couvrant les cheveux et plastron blanc sur la poitrine, une sœur au visage souriant la fit rentrer dans un petit parloir qui sentait bon le papier d'Arménie et les pelures d'oranges posées sur le dessus d'un poêle à charbon qui trônait au milieu de la pièce.

— Mettez-vous à l'aise. Je vais chercher notre prieure.

Impressionnés par le décor à la fois solennel et familier, les enfants ne bronchaient pas. Quand la mère supérieure entra, accompagnée d'une autre religieuse, Miette crut voir les maîtresses d'école du Petit-Fort. Ce n'est pas que les quatre femmes se ressemblaient : l'uniforme des unes n'avait rien à voir avec les jolies jupes tournantes de mademoiselle Leroy et les châles de madame Ponchelle, mais elles avaient le même regard accueillant et ouvert. La gamine sourit. La supérieure lui répondit. Elle proposa de faire visiter l'école.

— Il faut toujours voir avant de s'inscrire, précisa-t-elle.

Mais pour Miette, c'était tout décidé.

— Je veux venir ici, déclara-t-elle immédiatement.

— La sœur a raison. On visite d'abord, décida Antoinette.

L'école comportait deux parties : un bâtiment pour l'école primaire et le réfectoire qu'on pouvait transformer en salle des fêtes en retirant une paroi mobile. Un autre plus haut, à angle droit avec le premier, abritait la cuisine et le collège occupant deux étages. Sur le côté, une bâtisse plus modeste servait d'école maternelle. Les classes s'ouvraient sur une cour recouverte de macadam qui allait jusqu'à un jardin donnant sur d'autres jardins à peine séparés les uns les autres par des grillages. Immédiatement Miette se prit d'amour pour des arbres immenses recouverts d'une féerique couche de neige.

— C'est quoi ? demanda-elle à la mère supérieure.

— Des marronniers. Ils ont plus de cent ans.

Une cloche tirée par une gamine sonna la récréation.

— Venez madame, on va pouvoir entrer dans les classes.

Miette reconnut la même odeur qu'à l'école du Petit-Fort. Elle aima tout de suite l'Externat du Sacré-Cœur.

En les raccompagnant jusqu'à la porte d'entrée, la sœur supérieure montra le logement des religieuses qui était de l'autre côté de la rue. Miette remarqua encore des arbres tout autour.

Elle demanda si elle pourrait venir à l'école dès le lendemain.

— Si tu veux. En principe, les nouveaux élèves commencent un lundi, mais tu as l'air si pressée. Toi aussi, tu veux commencer bien vite ? ajouta la religieuse à l'intention de Maryvonne.

La fillette répondit oui de la tête sans être sûre de le vouloir, mais elle préférait suivre sa grande sœur. Qu'aurait-elle fait à la maison avec ses frères, ses parents et les deux vieux boulangers qui lui faisaient un peu peur ?

La route du retour fut difficile pour Antoinette et les enfants. Pour aller à l'école, les rues descendaient jusqu'à la Sambre. Ensuite on était sur du plat jusqu'au-delà de l'église. Seule la rue de l'Externat s'élevait en pente raide mais elle n'était pas très longue. Tandis que là, pour revenir à la boulangerie, il fallait grimper la côte qui va de la gare à l'hôpital. Avec une poussette et quatre enfants, ce n'était pas une partie de plaisir. Et puis il commençait à faire vraiment froid. On patinait un peu et même beaucoup parfois quand une roue du landau bloquait.

Ils arrivèrent exténués. Heureusement, le poêle unique donnait une bonne chaleur dans la grande pièce. Les enfants mirent leurs chaussures à sécher un peu à l'écart pour éviter que le cuir ne durcisse.

La vieille boulangère avait préparé de la soupe. Elle dit simplement à Antoinette :

— Après la signature chez le notaire, je vais partir. Vous saurez-vous débrouiller ? Si vous voulez, demain je vous laisserai au comptoir.

# XVI

## La brouette

FANNY REVENAIT de conduire Colette à la maternelle. L'enfant vivait mal le départ de ses cousins. Elle n'aimait pas l'école et elle devenait encore un peu plus sauvage. Mais, pour la grand-mère, avoir de l'instruction était une nécessité absolue dans la vie, alors, pleurs ou pas pleurs, sa petite fille y allait chaque jour depuis la rentrée d'octobre.

Pourtant l'aïeule souffrait de se retrouver toute seule dans la journée. Julien avait toujours un truc à bricoler chez Maurice ou ailleurs, mais pour elle, le temps s'étirait lentement. Elle attendait avec impatience le moment d'aller à Saint-Georges cueillir haricots verts et petits pois avec les camarades de son enfance qui se retrouvaient désormais sans enfants ou veuves. Ou les deux.

En soupirant, elle prépara le repas. La sonnette l'avertit que le facteur passait. L'homme lui tendit une lettre :

— Ça vient de chez votre fille, on dirait, Fanny !

Elle lui proposa une tasse de café.

Elle reconnut l'écriture de Maxime. Enfin ! Les nouvelles n'avaient pas été très nombreuses jusqu'ici ! Juste un mot de Miette à la fin du mois de janvier disant qu'elle aimait bien sa nouvelle école.

Fanny eut du mal à déchiffrer mais elle comprit que sa fille et son gendre avaient besoin d'eux. Pas de problème, ils iraient. Maxime demandait qu'ils prennent leurs aiguilles et du fil à ramander les filets de pêche mais il ne disait pas pourquoi. Quelle idée ! Que pourraient-ils bien raccommoder là-bas dans ce pays sans mer ? Mis au courant, Julien se contenta de dire : « On prendra ce qu'il faut. On verra bien ! »

Colette manifesta un plaisir sans retenue. Revoir ses cousines et ses cousins, c'était le bonheur. Si ses grands-parents l'avaient écoutée, ils seraient partis l'après-midi même. Mais il fallait d'abord voir pour les horaires du train, prendre les billets, préparer les valises, prévenir Maurice et même la famille du père de Colette.

René Vérove entendait toujours savoir où était sa fille. C'était normal. Il n'y avait rien à redire.

* *
*

Ils arrivèrent à Hautmont à la fin d'une journée fatigante passée entre autobus et trains pris dès 6 heures le matin.

Le froid de février laissait encore des fleurs de givre sur les vitres. Et, bien que chargé jusqu'à la gueule, le seul poêle à charbon de la maison ne suffisait pas à réchauffer le magasin, les deux pièces en bas et encore moins les chambres en haut. Mais Fanny ne s'arrêta pas à cela. Elle était trop heureuse de revoir son monde. Elle fut surtout touchée par la bonne mine de Miette qui, tout de suite, lui parla de son école.

— Et puis tu sais, mémère, j'ai une amie. Elle s'appelle Marie-Jeanne. Elle vit avec sa grand-mère.

— Ah, pourquoi ?

— Parce qu'elle n'a pas de mère.

— Comme moi alors, dit Colette.

— Oui. Mais elle n'a personne d'autre. Pas de cousins, pas de père, pas de tante… Et sa grand-mère élève des chèvres, continua Miette sans remarquer l'air navré de Fanny. Quelquefois, le jeudi, elle m'invite chez elle et à quatre heures, on boit du lait tout frais encore tiède. Hum, c'est bon !

La fillette rayonnait. Elle ajouta :

— Venez, je vais vous montrer les chambres. Il y en a quatre. Colette va dormir avec Maryvonne et moi, comme ça, on aura bien chaud. Et pour vous, pépère et mémère, il y a un lit que les vieux boulangers ont laissé. Ils ne s'en servaient pas. Venez.

* *
*

Fanny et Julien surent bientôt le pourquoi du fil à ramander. Maxime s'était mis en tête de réparer la toile intérieure des paniers ronds abandonnés sur une étagère au fournil, pour proposer des pains de campagne à sa clientèle. Le vieux boulanger avait arrêté d'en faire du jour où il avait décidé de vendre son fonds de commerce. Pourquoi se serait-il embêté à renouveler le matériel ? Sans savoir si son remplaçant en aurait besoin ?

Dès qu'il avait vu ces paniers, Maxime avait songé immédiatement à son beau-père en se disant qu'il trouverait bien comment faire pour les réparer. Même si leur toile n'avait rien à voir avec les filets de pêche et les mandes à poisson, la technique de réparation devait être la même.

Il avait eu raison, Maxime.

Julien se mit à la tâche dès le lendemain. Il s'installa près du feu pendant que Fanny s'occupait de la maison et des enfants et que leur fille essayait de donner au magasin une allure plus agréable.

Depuis son arrivée Antoinette brossait le carrelage qui n'en avait pas vu autant depuis des lustres. Elle faisait la chasse à la poussière, aux coins sombres, aux empilements inutiles de vieille marchandise invendable. Elle ne supportait pas les relents de moisissure. Aussi avait-elle demandé à Maxime, le soir même du départ des anciens propriétaires :

— Pourquoi tu ne ferais pas le pain comme au pays, avec de la levure fraîche ?

— Pourquoi tu dis ça ?

— Parce que je n'aime pas l'odeur surie du levain.

— Oui, mais les gens d'ici sont habitués à ce type de pain, Antoinette.

— On pourrait dire ça si les clients se bousculaient… Si on veut les faire venir, il faut les attirer. Et avec une bonne odeur… le travail est à moitié fait.

— Je peux essayer. Le problème c'est que, la levure, je n'en ai pas… et je ne connais même pas de fournisseurs. Je pourrais demander au livreur de farine, il doit savoir, lui, mais il ne revient pas avant un mois.

— Va voir les autres boulangers d'Hautmont. Ils ne te mangeront pas et ce sera une occasion de faire connaissance.

Dès le lendemain après-midi, Maxime avait fait le tour des six autres boulangers de la ville. Certains le reçurent avec un sourire qui disait : « Mon pauvre gars, je te plains. T'arriveras jamais à t'en sortir. Et je ne peux rien pour toi. »

D'autres le regardèrent comme une curiosité : « T'es pas un peu fou, jeune homme ? Racheter une boulangerie pourrie quand on a femme et enfants en bas âge, c'est pas commun… Bonne chance. Mais, désolé, j'ai pas de levure d'avance. »

Un seul l'accueillit avec une réelle sympathie. Léon Granjean avait perdu sa femme quelques années auparavant et il avait bien fallu qu'il se débrouille tout seul avec ses trois enfants. L'aînée avait arrêté l'école pour tenir le comptoir. Mais ça, c'était une bêtise…

— … faut jamais empêcher un gosse d'aller à l'école ! Si tu savais comme je regrette d'avoir proposé à ma fille de devenir boulangère pour remplacer sa mère ! Bon, en tout cas, si tu as besoin de quelque chose, Maxime, tu me dis. Pour la levure, je peux t'en donner d'avance. Tu me la rendras dès que tu pourras. Et je t'enverrai mon fournisseur, si tu veux.

Maxime s'était confondu en remerciements. Enfin !

Une bonne chose venait d'arriver.

Le surlendemain, la fournée avait déjà pris une autre allure. Et les effluves dans le fournil commençaient doucement à se transformer.

Depuis ce jour et malgré la température extérieure, Antoinette aérait tout grand le magasin dès l'ouverture. Son tablier immaculé posé sur des chandails bien chauds aux couleurs avenantes et surtout l'odeur du pain frais qui s'échappait par la porte, donnaient envie aux ouvriers qui passaient d'entrer dans la boutique.

— Il y a du changement ici, disaient-ils avec un sourire. C'est agréable de voir des jeunes reprendre la boulangerie. Et ça sent bon !

Antoinette leur souriait aimablement quel que soit leur accent ou leur couleur de peau qui allait du blanc le plus pâle au noir le plus foncé. Les hauts fourneaux employaient des gens qui venaient de partout depuis la fin de la guerre et la ville s'était habituée à eux fort simplement.

Et ils revenaient parfois le lendemain avec un camarade qui achetait un pain lui aussi. Au bout de quelques jours, elle avait gagné cinq clients.

Si bien que lorsque Julien et Fanny arrivèrent, elle en comptait dix de plus. Ce qui restait encore fort insuffisant. Les Dubar qui, pourtant, ne s'attendaient pas à voir leur fille rouler sur l'or, commencèrent à s'inquiéter dès le jour de leur arrivée. Dans quelle situation impossible Antoinette se retrouvait-elle avec toute sa famille ?

Le premier soir, dans leur lit inconfortable et froid, ils passèrent en revue les moyens possibles pour améliorer la situation sans rien trouver. Aussi, quand le lendemain, Maxime expliqua l'idée qu'Antoinette avait eue de remplacer le levain par de la levure fraîche, ils trouvèrent que leur fille avait du génie.

Pourtant, ce deuxième jour à Hautmont leur sembla bien morose. La sonnette d'entrée du magasin resta muette pendant des heures.

Et puis, le troisième jour, en allant conduire ses deux petites-filles à leur école, Fanny découvrit la ville qu'elle aima d'emblée. La Sambre partageant la cité en deux parties y était pour beaucoup.

Sur le chemin du retour, la vieille femme s'arrêta devant les magasins qui se tenaient côte à côte dans la courbe sinueuse de la rue très vivante qui allait de la grand-place à la gare. Elle admira leurs vitrines. Il y avait d'abord des magasins de vêtements, puis un bijoutier, un marchand de chapeaux, un photographe. Elle prit le temps de se pencher par dessus les deux ponts qui enjambent la Sambre en laissant entre eux la place pour un hôtel de belle allure avant d'arriver à un Fruits et Légumes extraordinaire, une pâtisserie, une librairie, une boutique de fleurs, des bouchers, une mercerie, un grand marchand de chaussures… Un émerveillement pour Fanny qui se dit que sa fille n'aurait pas à courir bien loin pour habiller et nourrir ses enfants.

Puis elle dut attendre au passage à niveau où deux trains se croisaient. Elle eut le temps de repérer une autre boulangerie nichée près des barrières, dans un renfoncement de la rue, à droite. Elle remarqua la devanture avenante en se disant que sa fille aurait intérêt à faire repeindre la sienne aux beaux jours.

Passé la gare, les boutiques étaient moins nombreuses et plus populaires. Elle vit des magasins d'alimentation surtout, une pâtisserie et une droguerie-quincaillerie, mais pas de boulangerie.

Une idée lui traversa le cerveau comme ça, d'un seul coup. Elle dut se retenir de ne pas courir pour en faire part à Maxime.

Elle arriva essoufflée. Le magasin était vide. Dans la pièce principale, les garçons jouaient tranquillement avec Colette devant leur grand-père qui raccommodait les paniers, le fil entre les dents.

— Où elle est, Antoinette ?

— Au fournil avec Maxime. Martin doit aller la chercher si des clients arrivent. Mais à cette heure, il n'y en a pas.

Fanny traversa la cour jusqu'au fournil où elle surprit Antoinette en train de pleurer dans les bras de Maxime.

— ...On n'y arrivera jamais...

— Mais si, mais si, répondait son mari.

Ils levèrent les yeux quand elle entra.

— Vous savez les enfants, il y a de quoi faire dans cette ville. Il y a des clients possibles partout. Il suffit de les attirer... et comme ton pain est bon...

— C'est vrai Fanny, mais comment le faire savoir ?

— Et si tu faisais des dépôts de pains, Maxime, dans toute la ville ?

— Des dépôts de pains ? Où est-ce que vous avez déjà vu ça, vous ?

— À Malo-les-Bains sur la digue.

— Oui, mais ici, il n'y a pas de plage, pas de digue...

— Gros malin, va ! Bon, il n'y a pas que ceux qui passent le matin pour aller à Usinor qui mangent ! Il y a peut-être des ménagères qui aimeraient trouver du bon pain, là où elles font leurs commissions... non ?

Maxime sentit qu'il fallait laisser sa femme pour s'occuper de ce que disait sa belle-mère. De toute façon, Antoinette avait arrêté de renifler pour écouter.

— Oui, mais comment savoir où je pourrais mettre du pain ?

— Tu t'habilles propre, garçon et tu fais toutes les épiceries…

Nom d'un chien ! Pourquoi n'y avait-il pas pensé auparavant ?

— … et pour convaincre les épiciers, amène-leur du pain tout frais…

— Ah, Fanny ! Comment vous remercier d'avoir eu cette idée ?

— En faisant ce que je te dis, grande bête ! Mine de rien, tu fais un tour dans le quartier cette après-midi. Tu repères les boutiques et demain tu leur amènes du pain pour le faire goûter.

Maxime calcula que s'il voulait dormir un peu l'après-midi, ce qui était indispensable pour se lever tôt chaque matin et pouvoir conduire les filles à l'école une fois la fournée faite et amenée dans le magasin, il avait intérêt à commencer tout de suite.

Il fit une toilette minutieuse. Il revêtit sa grosse canadienne et, en route ! Mais au lieu de mémoriser seulement l'emplacement des magasins, il décida d'y entrer. Il était 10 heures, les ménagères ne se pressaient pas encore et les mères de famille étaient déjà passées en allant conduire leurs gamins à l'école.

Il eut le temps de discuter avec cinq commerçants. Une femme seulement s'intéressa à ce qu'il disait.

— Ah, bon ? Vous seriez prêt à m'apporter du pain de bonne heure ? Dans mon quartier, il y a beaucoup de travailleurs et même des vieilles personnes qui seraient contents d'avoir du pain tout frais sans courir loin, je suis sûre. Vous pourriez commencer quand ?

— Demain, si vous voulez. Combien je vous en mets ?

— Disons trois pour commencer. On verra si ça intéresse les clients. Plus un pour moi. Et vous me faites une petite réduction, hein ? Faut bien que ça me rapporte un peu quand même.

Zut ! Il n'avait pas pensé à ça. Pourtant c'était inévitable.

— Bien sûr, madame. On se mettra d'accord une fois que vous serez décidée à prendre régulièrement du pain. Pour l'instant, je vous offre le vôtre demain.

— Ça me va.

Il sortit calepin et crayon de sa poche. Il prit l'adresse et le nom de la commerçante : madame Poussière.

— Ben oui, ça fait rire tout le monde mais au moins on se souvient de moi. Allez, à demain. Et de bonne heure, hein ? J'ouvre à 6 heures.

— Pour les ouvriers ?

— Pour les ouvriers ! On dirait que vous connaissez...

Il l'aurait bien embrassée, madame Poussière, mais il resta sérieux. Il inscrivit « 4 pains » dont un platine et un rond.

Il revint chez lui juste bien pour le repas. Il annonça la bonne nouvelle avec une sorte de fierté. Antoinette demanda en souriant :

— Alors, elle t'a fait une commande sans même voir ton pain ? Tu lui as tapé dans l'œil, ma parole...

— Arrête, elle a au moins soixante ans...

— Et alors, qu'est-ce que l'âge vient faire là-dedans ? Tu lui plais, tu lui plais ! Tant mieux pour nous, mais je te surveillerai mon gaillard, ajouta Antoinette toute joyeuse.

— Demain, je continuerai à chercher.

Enfin, on allait peut-être avoir plus de clients. La jeune femme se dit qu'il était temps d'aller inscrire les garçons à la maternelle. Il y en avait une au bout de la rue. Histoire d'être tout à fait disponible pour la clientèle à venir.

Après le repas, Maxime alla dormir, le cœur un peu plus léger.

Le lendemain matin, une fois l'unique fournée terminée, au lieu d'aller au magasin en attendant qu'Antoinette ait fini auprès des enfants, il fila chez madame Poussière. Fanny avait dit qu'elle s'occuperait des deux filles et qu'elle les conduirait à l'école pendant que Julien surveillerait les plus petits. Elle aimait bien la ville. Et la neige ne lui faisait pas peur. Une fois qu'on a mis ses grosses galoches, allez…

— … Et ne vous en faites pas. Priorité au travail d'abord. Le reste viendra après, et de soi, avait-elle ajouté.

Sa fille et son gendre l'avaient regardée bizarrement. Où avait-elle déniché cette réflexion qui lui ressemblait si peu ? Ils ne se souvenaient pas que pendant sa jeunesse, elle avait eu des patrons bouchers qu'elle respectait et dont c'était la formule favorite.

Madame Poussière fit compliment sur l'odeur du pain et elle apprécia la croûte qui craquait sous les doigts. Un ouvrier qui passait prendre un camembert et un litre de bière, acheta la première miche. Du coup, l'épicière demanda :

— Bon, demain, vous pourriez m'en laisser cinq, en plus du mien ? De toute façon, vous allez reprendre les invendus, s'il y en a ?

Ah, ça aussi, il n'y avait pas songé. Mais c'était bien. Il décida que ce serait un argument supplémentaire pour les commerçants qu'il irait démarcher.

Il n'emporta pas de nouvel accord dans la journée, mais, comme disait Julien, la pêche n'est pas toujours bonne.

— Demain, t'en auras peut-être deux, garçon !

— Oui, mais cette fois, j'ai fait le tour de tous les magasins rive gauche de la Sambre…

— Il reste la rive droite alors.

— Vous croyez, Julien ? Faut peut-être se limiter au quartier.

— Pourquoi donc ?

— À cause du temps passé à livrer le pain. Pendant ce temps-là, je ne pourrai ni travailler ni dormir. Et en plus, comment je vais le porter ce pain ? S'il y en a trop, je devrais faire plusieurs voyages. Je n'ai que deux bras. Je ne vois pas comment faire…

— T'en fais pas. Avec une brouette, tu pourras en emmener un bon paquet…

— Une brouette ? On aura tout vu ! Jamais je ne porterai du pain dans une brouette !

— Si ça t'embête, moi je peux le faire ! Ça ne me dérange pas.

— De toute façon, Julien, on n'en est pas encore là ! fit remarquer Maxime en riant.

Fanny en fit autant. Antoinette qui revenait de l'école du bout de la rue avec les garçons, se réjouit de voir la gaîté des siens.

Maxime monta se coucher, un sourire aux lèvres. Il aimait vraiment bien ses beaux-parents.

À la fin de la semaine, il avait démarché toutes les épiceries d'Hautmont. Il avait décroché trois dépôts supplémentaires. Un au-delà de l'école maternelle des garçons juste avant le grand bois où ses enfants rêvaient d'aller se promener quand il ferait beau pour voir s'il y avait un loup. Un autre, au fin fond de la rue qui longeait la voie ferrée vers Louvroil, un troisième au milieu de la ville près du pont de Sambre. Ils voulaient tous commencer le lundi à venir. Histoire d'informer leur clientèle d'abord.

* *
*

Pour le jour dit, Julien avait nettoyé comme il faut la brouette emportée dans le déménagement en prévision du jardin à côté de la boulangerie. Antoinette avait sorti un drap épais replié en enveloppe pour y loger les pains proprement et les protéger des poussières de la rue. Elle avait même ajouté une toile cirée à mettre par-dessus, en cas de pluie ou de neige.

La veille, le dimanche donc, avec son beau-fils Maxime, le vieil homme avait fait les repérages pour savoir où aller livrer le lendemain dès 6 heures. Le problème étant que chaque commerçant voulait avoir le pain chaud dès l'ouverture de sa boutique.

Le lundi matin, ce fut le branle-bas de combat. Il fallait livrer dans quatre lieux différents quasiment en même temps. Maxime se chargea d'aller chez Madame Poussière et au dépôt au bout de sa propre rue. Mais les sacs surchargés de gros pains de deux kilos pesaient une tonne. Il dut faire deux voyages pour Madame Poussière qui avait commandé douze pains. Il arriva en retard chez l'épicier du bout de la rue qui lui fit comprendre que si le lendemain il n'était pas à l'heure, ce ne serait pas la peine de revenir.

Du coup, le lendemain, il servit la moitié de la commande du premier dépôt pour courir chez le second d'où il revint avec les pains rassis de la veille puisque les clients étaient déjà passés quand il les avait livrés. Puis il retourna chez Madame Poussière juste à temps. Il n'en pouvait plus.

Pour Julien, ce fut plus simple. Il pouvait emmener tout le pain commandé d'un seul coup. Il allait d'un bon pas, sans trop de fatigue et à 6 heures le matin, les gens qu'il croisait ne s'étonnaient guère de le voir pousser une brouette. Eux-mêmes n'allaient-ils pas travailler ?

En fin de journée, les deux hommes échangèrent leurs impressions.

— Faudra bien que tu fasses comme ça, avec la brouette, quand je vais retourner chez moi, Maxime.

— Vous ne repartez pas maintenant, quand même ?

— Avant Pâques en tout cas, garçon, répondit Julien en riant.

Il ajouta en montrant de la main sa petite-fille en train de jouer à la maîtresse avec sa cousine :

— Colette doit retourner à l'école, non ?

— Non, cria presque l'enfant qui venait de faire attention à ce que son grand-père disait. Miette peut me faire l'école, regarde. On n'a pas besoin de repartir.

— C'est vrai, confirma sa cousine. Tu vois bien qu'elle sait écrire, pépère.

Sur l'ardoise, des mots tracés par Colette en dessous du modèle fait par sa cousine surprirent le grand-père.

— Fanny, viens voir.

Dans la cuisine où elle s'activait, sa femme ne faisait pas attention à la conversation, les garçons et Maryvonne l'empêchant d'entendre. Ils surveillaient de trop près le pain perdu qu'elle cuisait pour limiter la perte des invendus. C'était l'éternelle question : combien de pains fallait-il faire exactement pour satisfaire jusqu'au dernier client sans rien gâcher ?

— Fanny, viens voir donc, répéta Julien en élevant la voix.

Elle montra enfin le bout de son nez, entourée des enfants qui s'inquiétaient pour les dernières tranches à rissoler.

La sonnette du magasin indiquant que le dernier client sortait, Antoinette revint dans la pièce elle aussi.

Julien s'expliqua devant tout le monde. Et il finit en posant la question :

— Fanny, on peut rester jusque quand ?

— Ben, le problème, c'est le père de Colette. Il ne va pas être content s'il ne peut pas la voir en revenant de campagne de pêche… Il doit rentrer bientôt. Faudrait lui demander… Autrement dit, il faudrait lui écrire.

— Je vais écrire tout de suite avec Miette pour demander la permission à mon père alors, déclara Colette d'un air sérieux qui fit sourire tout le monde.

Avec sa cousine qui lui tenait la main pour les tracés, elle fit des efforts pour se faire comprendre. La lettre prit du temps mais avant d'aller coucher, la missive était dans une enveloppe prête à recevoir le timbre que Fanny irait chercher à la poste en revenant de conduire ses petites-filles le lendemain matin.

À la fin de la semaine, le nombre de clients s'étant augmenté, Maxime dut cuire deux fournées par jour. Une normale et une petite. Ce qui lui imposa un rythme accéléré le matin. Curieusement, les gens venaient en priorité à ce moment-là où tout est à faire : préparer le magasin, servir les dépôts… s'occuper des enfants, les conduire à l'école… Infernal ! Comment feraitil quand ses beaux-parents retourneraient chez eux ? Pourtant le magasin restait ouvert toute la journée. Les gens n'étaient pas obligés de ne venir que le matin, ou presque, quand même ! Comment faire pour qu'ils viennent d'une façon mieux répartie dans la journée ? Il tourna et retourna la question dans sa tête. Sa femme en fit autant sans trouver.

Et puis la semaine suivante, une cliente arriva tout courant en début d'après midi. Des connaissances s'invitaient sans prévenir, il fallait un pain en plus.

— Mais il est encore tiède, ma parole, dit la femme en le prenant du comptoir.

— Oui, on fait une deuxième fournée maintenant.

— Ah, mais il faut le dire ! Je viendrai l'aprèsmidi maintenant, ça m'arrange.

Quand Maxime descendit pour le repas du soir après sa sieste nécessaire, Antoinette raconta. Fanny, alors, eut encore une idée lumineuse.

— Écrivez-le sur l'ardoise de Miette et mettez-la dans la vitrine.

— Non, mémère ! Avec quoi je vais jouer ? s'écria la gamine qui suivait la conversation.

— T'inquiète pas ma fille, je vais acheter une autre ardoise, plus petite et plus facile à poser dans la vitrine, la rassura Maxime. On peut quand même acheter ça.

Il tint parole. À la librairie-papeterie, il trouva ce qu'il fallait pour écrire en belles rondes : « Pain chaud le matin et en début d'après-midi ».

Jour après jour, les clients commencèrent à venir après le repas. Antoinette pouvait mieux organiser son travail. Parce qu'il n'y avait pas que la vente au magasin ! Restait toujours les lessives, le repassage, les repas et tout ce qui incombe aux mères de famille.

Mais Fanny s'inquiétait.

— Comment vous allez faire quand on va retourner ? René Vérove commence à trouver le temps long. Dans la lettre qu'on vient de recevoir, il nous dit qu'il a un embarquement prévu début avril pour une période de trois mois et qu'il veut voir Colette à tout prix avant. N'importe comment, on ne peut pas s'éterniser non plus…

— Je ne sais pas, m'man, comment on va faire. Le plus difficile ce sera le matin pendant les tournées pour les dépôts. Il faudrait qu'on essaie comme si vous n'étiez pas là de toute une journée. Allez dire bonjour aux Lemaire à Colleret, vous en avez envie, je sais bien. Vous pourriez prendre le train jusqu'à Coulsore. Il suffit de vous renseigner à la gare. Et après, vous aurez bien un autobus.

Ainsi fut fait. Le vendredi matin aux aurores, Fanny et Julien étaient prêts pour aller rendre visite aux Lemaire. Ils durent rester assis sur leur chaise, impassibles, pour ne pas céder à leur bon cœur qui les poussait à vouloir donner un coup de main à Antoinette et à leur beau-fils avant l'heure du train.

Contre son gré, Maxime s'était résolu à utiliser la brouette pour emporter en une seule fois vingt-cinq pains de deux kilos. Il portait également sur le dos un sac dans lequel Antoinette avait réussi à en glisser cinq à livrer en premier. Une vraie mule.

Il partit en soufflant, furieux de la situation pendant que sa femme ouvrait le magasin. Les ouvriers d'Usinor arrivaient à la queue leu leu au moment où les enfants se levaient. Sur le poêle à charbon, à côté de la cuvette en émail contenant l'eau pour la toilette des enfants, leur mère avait préparé une bouilloire de thé à groseilles que chacun prendrait avec plus ou moins de lait. Elle avait coupé les tranches de pain, préparé le beurre et les bols. Après les avoir réveillés entre deux coups de sonnette, elle ne put s'occuper davantage du petit déjeuner de ses enfants.

Miette et Maryvonne firent de leur mieux pour passer un gant de toilette sur le bout du nez de leurs deux petits frères. Elles les habillèrent ensuite comme elles le purent. De temps en temps, Antoinette passait la tête à la porte du magasin pour voir comment ça allait.

Une accalmie lui permit de rectifier l'habillement de tout le monde. Elle glissa dans le sac de ses filles des petits pains pour quatre heures et elle ajouta un bout de chocolat. Le cœur serré, elle les laissa partir seules à l'école. C'était la première fois.

Il fallait attendre le retour de Maxime pour conduire ses garçons au bout de la rue. Ils étaient vraiment trop petits pour être livrés à eux-mêmes.

Il revint, Maxime, hors de lui !

— Je ne veux plus aller porter le pain avec une brouette. Les gens qui passent me regardent comme si j'étais un esclave. Et ils se foutent de moi en plus ! Plus jamais je ne la prendrai ! Plutôt crever en faisant cinq fois la route !

Antoinette ne répondit rien. Elle savait que c'était inutile. Quand son homme était dans cet état de révolte, il devenait sourd.

Il jeta la brouette dans la cour avant de remplacer Antoinette au magasin où arrivait maintenant la petite vague des mères de famille conduisant les gamins à la maternelle.

Julien et Fanny qui attendaient l'heure du train, se mordaient la langue pour ne pas intervenir. Ils avaient promis, ils avaient promis ! Mais quelle étrange expérience d'être là comme des ombres à voir se dépatouiller les leurs.

Ils sortirent en même temps que leur fille tenant Martin et Mimi par la main. Mais ils se séparèrent aussitôt, la gare étant diamétralement opposée à la direction de l'école maternelle. De toute la journée, sûr, Julien et Fanny se feraient du souci.

Pourtant, dès que le coup de feu du matin fut passé, Antoinette eut du temps libre pour le ménage et Maxime entama la deuxième fournée presque tranquillement.

Ce fut difficile à nouveau au moment de la sortie des classes. Inscrites à leur cantine, les filles au moins étaient sûres d'avoir un repas à l'heure et de pouvoir reprendre la classe tranquillement l'après-midi. Ce qui n'était pas le cas pour les garçons. La seconde fournée étant en train de cuire, Maxime ne pouvait pas la quitter. Si bien qu'Antoinette dut patienter avant d'aller chercher ses petits.

Aussitôt qu'elle le put, elle courut comme une dératée… pour arriver trop tard ! La grille de la maternelle était déjà fermée. Elle dut traverser la cour pour récupérer ses gamins dans leur salle de classe où l'institutrice dit simplement :

— Il faudra prendre vos dispositions pour venir chercher vos enfants à l'heure, madame. Aujourd'hui, il n'y a pas de mal. J'avais des préparations de dessins à faire et je ne retourne pas chez moi ce midi, mais je ne pourrai pas toujours être là…

Elle n'insista pas : Antoinette était trop essoufflée et trop navrée…

Après le repas, ce fut encore la course pour ramener les garçons à leur école mais l'après-midi se passa calmement. Maxime put dormir un peu avant de les récupérer à quatre heures et demie.

Puis, on eut la surprise de voir débarquer Julien, Fanny et Colette d'une voiture conduite par monsieur Lemaire au moment où les filles revenaient à leur tour.

— Oh ! Parrain, s'écria Miette qui le reconnut immédiatement.

Edgar Lemaire la souleva de terre pour lui donner un baiser sonore qui l'étourdit.

— Faut revenir nous voir à Colleret. Ma femme serait si contente de faire la connaissance de tous vos enfants, Antoinette.

On promit de faire le voyage un dimanche de printemps, quand il ferait meilleur et Edgar affirma qu'il viendrait reconduire tout le monde en voiture. On s'embrassa chaleureusement.

Le repas fut animé. Chacun y allait de son rapport de la journée. On tomba d'accord pour dire que le problème majeur restait la livraison dans les dépôts. Maxime affirma qu'il avait eu le temps d'y songer. L'idéal serait d'acheter une voiture. Mais, pour l'instant, c'était absolument impossible. Il n'avait pas le premier sou pour, et pas le permis de conduire. Alors il avait pensé à un vélo. Il regrettait d'avoir revendu sa moto, quoique... en y réfléchissant mieux, ça n'aurait pas été bien pratique. Un vélo avec une remorque, pourquoi pas ? D'ailleurs, il avait repéré un marchand de cycles de l'autre côté d'Hautmont. Il irait le voir le lendemain... si Julien acceptait toujours de faire la tournée avec la brouette en attendant...

— Tu sais bien que moi, ça ne me dérange pas, fieu. Je suis d'une génération où elle servait à tout, la brouette. Même les femmes s'en servaient pour récupérer leurs hommes dans les cabarets, les soirs où ils se saoulaient comme cochon !

Il y eut comme un coup de vent du large dans la pièce où la table était tirée au milieu pour que chacun puisse s'y tenir à l'aise. Dans la tête de Fanny, les souvenirs d'autrefois se bousculèrent. Elle se revit avant guerre, à la fin du carnaval, ramenant Julien complètement ivre dans la brouette, la veille de partir à Islande. Tout autour d'elle, d'autres femmes de matelots en faisaient autant et aucune ne murmurait. Elles songeaient avec angoisse aux six mois de séparation à venir. Le froid, le travail exténuant et dangereux, la promiscuité à bord du dundee ou de la goélette, voilà ce qui attendait leurs maris et elles comprenaient leur besoin de s'étourdir avant de s'embarquer sans être sûr de revenir chez eux pour le 15 août.

Antoinette devina à quoi pensait sa mère, elle avait envie de rire et de pleurer en même temps au souvenir de son père saoul dans la brouette. Elle retrouvait même des bribes de la chanson iconoclaste que les femmes chantaient en chœur parfois à la sortie des cabarets : D'où reviens-tu, cochon d'ivrooogne ? Tu fais mourir ta pauvre feeemme… entonnée sur un air de cantique. Elle savait que sa mère avait souffert pendant les périodes de sa vie où elle se retrouvait seule avec ses trois enfants, sans un sou en poche malgré le travail épuisant de son homme à bord du bateau. Dame, il suffisait que la pêche soit médiocre ou nulle pour que les marins soient obligés de rendre à l'armateur tout ou partie de l'avance faite sur salaire au moment du départ. Si bien que les femmes de matelots devaient avoir un métier à elles qui leur permette de nourrir leur famille… Fanny avait passé la moitié de sa vie aux champs à cueillir tout ce qui se cueille. Elle avait fini par aimer ce travail qui complétait la pêche aux vers qu'elle n'avait jamais cessé de pratiquer depuis son adolescence.

En pensant à ce que ses parents avaient enduré, Antoinette reprit courage. Maxime était avec elle du matin au soir sur la terre ferme. Ils avaient cette chance d'être toujours ensemble. Ils s'en sortiraient. Elle eut un sourire qui illumina ses beaux yeux bleus. Sa mère Fanny le vit. Elle sourit elle aussi. La soirée fut presque paisible.

# XVII

## Grandes vacances au Petit-Fort

La vie de Fanny et de Julien s'organisa finalement autour de celle d'Antoinette. Il avait été convenu que Miette et Maryvonne viendraient passer toutes les grandes vacances au Petit-Fort après la remise des prix à leur école. En ce dimanche 12 juillet 1953, Fanny les attendait.

Maxime avait profité de la fermeture du magasin pour prendre le train avec elles jusqu'à Lille. Là, il les avait mises dans celui de Dunkerque. Et il avait expliqué au chef de train qu'il comptait sur lui pour trouver, une fois arrivé à destination, quelqu'un parmi les voyageurs qui pourrait montrer à ses filles où se trouvait l'autobus pour Gravelines et Petit-Fort. Il eut de la chance. Le chef de train, qui était un brave père de famille, lui répondit qu'il s'en occuperait lui-même.

Le cœur soulagé, Maxime eut juste le temps de sauter dans une correspondance revenant vers Hautmont.

* *
*

Les deux gamines arrivèrent le soir chez leurs grands-parents, un sac lourdement chargé sur le dos et une musette bien gonflée en bandoulière. Leur mère avait prévu à manger plus que nécessaire pour toute la journée en se disant que ses parents seraient contents de trouver du bon pain à finir.

Elle avait vu juste. Après les effusions et les embrassades des retrouvailles, Julien sentit les tartines en fermant les yeux comme un boulanger et Fanny le renifla sans façon en disant : il est encore meilleur, on dirait.

Colette était énervée comme une puce, il lui fallait à tout prix montrer sa chambre là-haut à ses cousines et le grand lit qu'elles occuperaient à côté du sien. Ce fut un ouragan dans toute la maison.

— Oh, mémère ! Tu as mis un beau papier dans la cuisine. Et pourquoi tu as peint le couloir en vert ? Et pourquoi tu as des plantes jusqu'au plafond…

— Arrêtez les enfants, vous me saoulez. On soupe et au lit.

— Ah, non, mémère on a été enfermées dans le train toute la journée. On ne va pas savoir dormir. Emmène-nous promener à la plage, s'il te plaît, demanda Miette.

Fanny ne put résister à la ferveur des yeux gris de l'enfant. Elle dit oui. Elle sortit avec ses trois petites-filles en laissant Julien à la maison.

Le jour déclinait. Le phare s'alluma. Sa lumière tournante balayait le port, la plage, les dunes, le village, puis elle revenait sur le port, la plage, les dunes… au grand plaisir des gamines. Elles s'arrêtèrent avec Fanny pour causer avec des voisines qui faisaient leur tour du soir avec leurs enfants, elles aussi.

* *
*

Le bel été passa sans que ni Miette ni Maryvonne ne manifestât le besoin de retourner voir les parents et les petits frères. C'était trop bon d'aller avec Colette creuser des maisons dans le sable un peu mouillé le matin. Elles y faisaient des divans profonds comme on en voyait dans les magazines, sans jamais en avoir eu chez elles, des tables rondes ou carrées, des fauteuils où elles pouvaient attendre la montée de la marée. De la main bien à plat, elles faisaient les finitions avant de recouvrir les bords avec des coquillages.

Elles oubliaient l'heure. Et les douze coups de midi au clocher, ne les faisaient guère réagir. Leur grand-père venait les chercher en les menaçant : « Si vous ne venez pas tout de suite, votre grand-mère et moi, on va manger sans vous. Vous n'aurez rien. »

Le dimanche, elles allaient à la grand-messe avec Julien prié de ne pas dépenser les vingt sous que lui donnait Fanny pour la quête. Les gamines savaient bien qu'il irait les boire au cabaret du coin, mais ça les faisait rire. Elles s'amusaient de la grosse voix de l'abbé Lemaire qui tapait sur le bord de la chaire avec une telle énergie qu'un jour il avait fait tomber son missel sur la tête de Julien qui en avait gardé un mauvais souvenir. Ses petites-filles comprenaient bien pourquoi il préférait sortir de l'église avant le sermon ! Il les attendait à la porte, et elles ne disaient jamais rien à leur grand-mère. C'était leur secret avec Julien.

L'après-midi pendant la semaine, elles allaient au patronage. Toutes les filles du village le fréquentaient. Et elles s'amusaient comme des folles. Tous les jeudis, les sœurs dominicaines organisaient un voyage. On partait pour la journée en autobus avec des pommes de terre et des haricots verts en salade avec des œufs, une bouteille de thé à groseille, des tartines au beurre et à la cassonade emballées dans un paquet en papier qui avait contenu du café, et ça, c'était le régal absolu. Une fois même, elles allèrent à l'étranger, à la Panne en Belgique où on vit des tombereaux tirés par des chevaux qui rentraient dans l'eau pour la pêche à la crevette. C'était incroyable.

Alors, Miette et Maryvonne racontèrent aux autres filles qu'elles avaient vu mieux à Malo-les-Bains : des voitures amphibies qui roulaient sur le sable et qui entraient dans l'eau comme des bateaux. Les camarades les regardaient avec des yeux ronds. Au Petit-Fort on n'avait jamais rien vu de tout cela.

On arriva vite au 15 août et à sa procession. Miette s'aperçut alors que la moitié des vacances était passée et qu'elle devrait retourner à Hautmont. Sa mère voulait retrouver ses filles vers le 15 septembre pour avoir le temps de renouveler leurs affaires avant la rentrée.

La fillette avait presque oublié qu'elle n'habitait plus au Petit-Fort. Quand elle réalisa qu'elle devrait bientôt retourner chez elle, elle ressentit une sorte de tristesse. De ce jour, ce fut comme si elle voulait tout enregistrer dans sa mémoire pour garder tout en elle.

Le matin, elle se levait avant sa petite sœur et sa cousine. Quand elle descendait, elle était sûre de trouver Fanny déjà prête, le feu allumé, l'eau en train de bouillir pour le café.

— Je peux moudre, mémère ?

Le moulin carré bien calé entre les genoux, l'enfant s'appliquait à lui imprimer un mouvement régulier. Elle aimait l'odeur suave qui s'en élevait en l'enivrant comme le faisaient les volutes de l'encens balancé dans l'encensoir à l'église.

Elle arrivait parfois dans la cuisine juste à la fin de la toilette de sa grand-mère quand elle tordait sa tresse en chignon. Et immanquablement, elle lui disait :

— Ils sont longs tes cheveux, mémère.

Immanquablement, avant de piquer la dernière grande épingle dans la tresse torsadée, Fanny lui répondait :

— Ben oui. Sinon je ne pourrais pas faire un beau chignon.

— J'aimerais bien que tu me donnes une grande épingle, mémère…

— Pour quoi faire ? demandait toujours sa grand-mère en haussant les épaules. Tu es trop petite pour avoir un chignon.

Le ronflement du feu, allumé chaque jour, quel que soit le temps à cause de l'eau à faire chauffer, donnait au moment un charme étrange auquel Miette était sensible. Il faisait partie sans doute des raisons profondes pour lesquelles l'enfant se réveillait tôt. Elle sentait que ce moment ne durerait pas.

Fanny aussi goûtait l'instant. Julien était déjà parti à la côte où il ramassait le bois toujours nécessaire en toute saison et elle aimait se retrouver ainsi seule avec l'aînée de ses petits-enfants. C'était le moment des confidences. Fanny apprit ainsi que Miette entamerait sa dernière année en école primaire à la rentrée.

— Pourquoi, donc ? tu n'as pas l'âge…

— Je ne sais pas, mémère. Mais la directrice dit que je pourrai entrer au collège l'an prochain au lieu de préparer le certificat d'études.

— Comment ça ? Tu ne vas pas passer le certificat ? Tu n'es pas assez bonne à l'école ?

— Si, mémère, mais je le passerai en même temps que le brevet, elle m'a dit.

— Pourquoi ?

— Elle m'a dit que je pourrais aller au lycée après.

— Mon Dieu, seigneur ! Pour faire quoi ?

— Ben, tu sais, si je veux devenir comme madame Ponchelle et mademoiselle Leroy, je suis obligée.

— Tu veux vraiment être institutrice ? demanda Fanny d'un air étonné. Ça alors !

Elle n'en revenait pas, Fanny. Avoir une petite-fille instruite, ce n'était pas ordinaire ! Elle se retint d'embrasser Miette. Elle n'aurait pas voulu qu'elle croie qu'elle la préférait aux autres. Elle aimait tous ses petits-enfants, les six, en comptant la fille de Maurice, même si elle ne la voyait guère. Mais elle devait bien s'avouer qu'avec Miette, c'était un peu différent. Le fait qu'elle soit venue au monde en premier peut-être, ou les goûts qu'elles avaient en commun ?

Elle sut également que sa petite-fille entrerait en dernière année de catéchisme et que la communion se ferait en juin 1954.

— Mais tu auras à peine 10 ans !

— Ben, oui, mais, c'est parce que je devrai rester avec les filles de ma classe.

Il y avait donc une fête en perspective dans la famille ! Quelle joie, pensa la vieille femme qui sentait bien qu'une ère nouvelle commençait pour les siens.

* *
*

C'est Maurice, que les enfants appelaient « Mon Oncle » qui alla reconduire ses nièces jusqu'à Hautmont à la demande de Maxime qui avait besoin de son avis pour une amélioration du magasin.

Le jour dit, les deux gamines remirent leur sac sur le dos pour retraverser le département, mais cette fois, le cœur n'y était pas. Intérieurement,

Miette se disait que Petit-Fort-Philippe était son pays et que c'était injuste de ne pas y vivre tout le temps.

Pourtant, quand elle retrouva Hautmont, ses parents et ses petits frères, sa bonne humeur revint. Pendant les quelques jours qui restaient avant la reprise de l'école, elle les passa derrière le comptoir. Elle aimait le contact avec la clientèle qui se montrait aimable avec ce petit bout de fille qui savait compter sans se tromper. Antoinette put ainsi préparer la rentrée.

Maxime expliqua à son beau-frère Maurice qu'il voulait abattre le couloir par lequel on entrait dans le magasin et qui réduisait considérablement l'espace. Sans compter l'allure bizarre qu'il donnait à la boulangerie. Ils convinrent que Maurice profiterait d'un congé aux prochains beaux jours pour s'y attaquer. Après la communion de Miette par exemple. D'ici là, on aurait le temps de mettre un peu d'argent de côté pour les matériaux.

L'argent ! C'était le gros souci de Maxime. Il avait fallu acheter un pétrin mécanique pendant l'été pour répondre à l'augmentation de la clientèle. Et il pensait sérieusement à remplacer son four à bois par un plus moderne qui lui ferait gagner du temps le matin. Or, la banque se faisait tirer l'oreille pour admettre qu'il fallait changer le fournil si on voulait gagner des clients, donc de l'argent. Parfois, Maxime revenait du Crédit Gaulois avec des envies de meurtre. Il gardait un seul espoir : que le fils du vieux banquier qui allait prendre sa retraite bientôt, ait les idées modernes et l'esprit d'entreprise. En attendant, il devait se débrouiller tout seul. Il avoua à son beau-frère qu'il avait souvent du mal à s'endormir en pensant à sa situation.

Maurice l'assura de son soutien.

— Je reviendrais après la communion, promis. Et je ferai les travaux. Tu vas voir le beau magasin que t'auras ! En attendant, je vais donner un coup de pinceau au blanc sur tous les murs, ça fera moins lugubre. Quelle idée d'avoir fait une bordure noire ! Devait pas être bien le type qui a fait ça !

En trois jours, il repeint la maison qui prit un air plus gai. En attendant que les murs sèchent pour donner une nouvelle couche de peinture, il livrait le pain dans les dépôts avec le vélo auquel Maxime avait fait ajouter une remorque ingénieuse.

Puis Maurice repartit chez lui. Sa sœur Antoinette lui avait préparé un sac rempli de pains pour ses parents et lui même. C'était le seul salaire que Maxime et elle-même pouvaient lui offrir mais ils y tenaient beaucoup, même s'il répétait qu'il était venu par affection.

* *
*

Fanny Dubar apprit donc par Maurice, qu'un soir, sa fille Antoinette avait éclaté en sanglots en lavant ses enfants. Elle pleurait parce que, pour la première fois de sa vie, elle ne pouvait pas leur acheter de nouvelles chaussures pour la rentrée scolaire. Les enfants, interdits de voir leur mère en larmes, s'étaient mis à pleurer eux aussi et il avait fallu que leur oncle fasse le pitre pour les dérider.

Fanny sentit son cœur se serrer. Elle aurait bien envoyé de l'argent si elle en avait eu, mais la pension de matelot de Julien était tout juste pour vivre à trois avec Colette. Malgré tout ce qu'il avait dit, René Vérove ne payait toujours pas de pension pour sa fille et Julien défendait qu'on lui en parlât, de peur que le beau-fils reprenne Colette avec lui. Ce n'était pas un mauvais bougre, mais on ne savait jamais…

## XVIII

## 1954

L'HIVER 1954 FUT TERRIBLE. À la radio, l'abbé Pierre se révoltait de voir des gens mourir de froid en plein Paris et des enfants dormir au milieu de détritus où les rats se faufilaient. Si bien que ceux qui avaient un toit ne se plaignaient pas trop. En se réveillant le matin, il leur suffisait de souffler leur haleine chaude sur les vitres pour faire fondre les étoiles de givre qui les brouillaient et se sentir heureux. C'était le cas de Fanny.

Et en particulier, le jour où elle reçut une lettre de Miette qui expliquait à sa façon, qu'à Hautmont, la neige tombait si fort, qu'avec sa sœur et ses frères, ils faisaient des concours de chutes en arrière sur le dos sans se faire mal. L'enfant racontait le plaisir des silhouettes imprimées en creux dans les positions les plus rigolotes et la fabrication des plus gros bonshommes de neige du monde.

Entre les lignes, l'aïeule devina le froid, les doubles paires de pantalons, les petites mains gelées, la route pénible à faire jusqu'à l'école de l'autre côté d'Hautmont pour ses petites-filles. La difficulté des livraisons du pain dans le matin glacé. Les tabliers blancs qui ne séchaient pas et qu'Antoinette attendait pour servir au magasin. Les chambres froides et les lits tiédis par des pierres réfractaires chauffées dans le four puis recouvertes de papier journal pour qu'elles gardent la chaleur le plus longtemps possible sans brûler les draps. L'inquiétude de ses deux petits garçons, les jours où la neige ralentissait la tournée des dépôts pour leur père et que leur mère ne pouvait pas être à l'heure à la sortie d'école…

Mais Fanny ne s'en fit pas outre mesure, la lettre de Miette était joyeuse. La fillette trouvait la neige très belle et elle demandait même : « Pourquoi il n'y en a pas beaucoup au Petit-Fort ? » Julien fut chargé de répondre que la mer adoucissait le climat le long des côtes et que, du coup, les flocons fondaient très vite.

* *
*

L'hiver finit par passer, Fanny découvrit dans les mots simples de Miette la douceur du temps et la verdure des jardins. L'enfant parlait peu de l'école. Mais un jour elle précisa que, le jeudi, elle servait au magasin et qu'elle aimait bien. Elle ajoutait même : « Et comme ça, maman peut faire le ménage. »

Fanny demanda à Julien de lui écrire pour demander quand est-ce qu'elle faisait ses devoirs. L'enfant répondit qu'elle les faisait pendant l'étude du soir. Il suffisait de bien écouter la maîtresse d'école pour savoir répondre aux questions... Elle finissait sa lettre par : « Et toi, mémère, quand est-ce que tu vas écrire toi-même ? Tu pourrais apprendre en même temps que Colette maintenant ! »

Vexée, Fanny se dit d'abord, que sa petite-fille, décidément, se mêlait de ce qui ne la regardait pas et puis, le soir même, elle proposa à Colette de faire les exercices d'écriture et de lecture avec elle. L'enfant eut un de ces rares sourires qui fit réfléchir l'aïeule. Était-ce aussi simple de lui faire plaisir ? Elle répondit à son sourire avant d'avancer sa chaise près de la sienne. Et pendant une demi-heure, Fanny se cassa la tête à vouloir reconnaître les lettres. Colette riait de bon cœur et elle était aux anges quand elle devait reprendre sa grand-mère qui confondait les K, les Q et les C.

Chaque soir, dans la chaleur et le ronflement du poêle à charbon que Julien surveillait du coin de l'œil, il en fut ainsi. Grâce à la plus timide de ses petites-filles, Fanny renoua vraiment avec la lecture et elle osa écrire, avec des fautes certes, mais on la comprenait.

Alors s'installa une habitude entre elle et Miette : une lettre de l'une à l'autre tous les quinze jours. Ce rituel leur devint précieux. Il leur permit d'attendre les retrouvailles sans trop de peine. La fillette aurait bien voulu passer les vacances de Pâques au Petit-Fort, mais Antoinette comptait le moindre sou depuis que Maxime s'était mis en tête d'obtenir le permis de conduire pour acheter une antique voiture que monsieur Lemaire lui proposait à un prix dérisoire. Et les billets de train, même avec la réduction de 40 % que la SNCF octroyait aux familles de quatre enfants, lui semblaient trop chers. Et puis, il faut l'avouer, pendant les congés scolaires, elle comptait sur Miette pour le magasin pendant qu'elle-même s'occupait de ses trois autres enfants…

— … de toute façon, mémère et pépère viendront avec Colette en juin pour ta communion. Tu peux patienter, ma fille, non ?

La fillette n'avait pas bronché. Même si elle rêvait de retourner au Petit-Fort, elle comprenait parfaitement qu'avec trois sous, on ne pouvait pas en dépenser quatre.

* *
*

La venue de ses grands-parents fut le véritable cadeau de communion de Miette. Plus important encore que le séjour en colonie de vacances à Lourdes que lui offrait son parrain. Incidemment, Antoinette avait parlé de cela le jour où la famille avait rendu visite aux Lemaire à Colleret :

— Dommage que ce soit aussi cher !... Pour Miette, ce serait une occasion de voir autre chose, mais cette année, même si ça va beaucoup mieux, on ne roule toujours pas sur l'or... le magasin à transformer, la voiture à acheter...

— Bon, avait déclaré Edgar Lemaire, inscrivez-la, Antoinette. C'est mon cadeau de communion. J'ai toujours trouvé détestable d'offrir un missel ou une croix à un gamin en guise de cadeau. Au moins, je suis sûr qu'elle se souviendra de son voyage toute sa vie. C'est combien pour cette colonie de vacances à Lourdes ?

Et devant les yeux ébahis de la famille, il avait sorti les billets de banque de son portefeuille en plaisantant :

— Regardez, ils sont tout frais imprimés de cette nuit.

— Et ça ne m'empêchera pas de vous offrir un demi-chevreau pour le repas de communion, Antoinette, ajouta la vieille madame Chevalier. Je ne sais plus faire la fête toute une journée... et c'est à cause de moi que ma fille et mon beau-fils vont rester ici ce jour-là. Alors, ce sera notre façon d'être avec vous quand même.

— C'est une bonne idée, maman, conclut Simone Lemaire. Edgar ira vous le porter la veille. Il sera tout préparé. Vous n'aurez qu'à le faire cuire.

— Mon Dieu, on cuisine ça comment ? demanda Antoinette.

— C'est pas difficile, allez. Dans votre four de boulanger, ce sera très bien. Et je vous mettrai un panier de fraises et de cerises.

* *
*

La veille du grand jour, les gens du quartier qui avaient des communiants chez eux, apportèrent leurs tartes à cuire. C'était, paraît-il, une tradition de la région que l'ancien boulanger n'avait plus eu la force de respecter. Maxime et Antoinette avaient accepté de renouer avec, au contraire, en se disant qu'ils y gagneraient peut-être des clients.

Et il en avait été ainsi. Le bouche-à-oreille fonctionna bien et des gens qu'on voyait pour la première fois arrivèrent en transportant leurs pâtisseries dans d'astucieux porte-tartes pliants qui pouvaient contenir dix platines en hauteur. Une bonne odeur de crème sucrée et de fruits de jardin envahit la boulangerie qui ne désemplit pas du matin au soir.

Antoinette courait du fournil au magasin, du magasin au fournil avec les pains brûlants ou les tartes à cuire. Julien fut maître absolu des dépôts toute la journée qu'il livra avec la brouette qu'il préférait au vélo. Il permit ainsi à Maxime de cuire une troisième fournée pour la première fois depuis leur arrivée. Si bien qu'il fallut attendre plus tard que prévu pour la cuisson des tartes qui ne pouvait se faire que dans un four qu'on ne devait plus rallumer de la journée.

Quand Miette et Maryvonne revinrent de l'école, la maison était encore en l'air. Leur grand-mère Fanny et Colette étaient parties rechercher les garçons. L'aînée fut réquisitionnée pour servir au magasin tandis que la plus jeune passait un coup de balai dans la cuisine. Leurs parents ramenaient du fournil des tartes dorées à point à des gens qu'elles ne connaissaient pas. C'était le bazar. Mais un joyeux bazar odorant qu'elles adorèrent.

Le soir, Fanny proposa une omelette faite avec les premiers œufs des poules que Maxime élevait à côté du fournil et une salade verte frais cueillie dans le jardin. Il faisait un temps merveilleux. On était usés mais heureux. Et quand Edgar Lemaire arriva avec le demi-chevreau, le bonheur fut à son comble. Lui non plus n'avait pas eu une minute à lui.

Il y avait dans l'air, en cette journée de juin 1954, quelque chose de particulier qu'on ne savait pas définir mais qui ressemblait à une promesse de jours meilleurs.

* *
*

Le lendemain, Fanny eut les larmes aux yeux en voyant Miette dans sa belle robe d'organdi blanc. Le petit visage encadré de boucles dépassant du bonnet au lieu des tresses habituelles, avait un sérieux qui contrastait avec la taille modeste de l'enfant qui lui valait d'être en début du rang formé par les communiants.

Julien, lui, réalisait que, de toute sa vie, c'était la première fois qu'il assistait à une communion dans sa famille. Quand ses enfants avaient fait la leur autrefois, il était toujours du côté de Terre Neuve ou près d'Islande à bord de son bateau le *Saint-Jehan* avec d'autres pauvres gars privés comme lui des simples plaisirs de la vie.

Pour Antoinette et Maxime, ce fut une fierté. Malgré sa petite taille, leur fille était la plus belle de tout le groupe et la plus en « avance ».

* *
*

Quelques jours plus tard, le jeudi exactement, Fanny, Julien et Colette retournèrent chez eux. Maxime et les enfants les accompagnèrent entre les deux fournées du matin jusqu'à la gare. Il fallut se dépêcher. Le train était déjà là.

Dans la précipitation, Fanny perdit une de ses grandes épingles à chignon. Miette la retrouva sur le quai. Trop tard. Le train s'ébranlait déjà.

— Mémère, mémère, regarde, je l'ai…

— Eh, bien tu me la rendras pendant les vacances, cria l'aïeule par la fenêtre baissée, et fais attention, elle est pointue.

— Oui, mémère, répondit l'enfant en la fourrant dans la poche la plus profonde de son chandail rouge.

Quand on ne vit plus les mains s'agiter, les enfants et leur père reprirent la route de la maison. Miette avait le cœur gros. Elle détestait dire au revoir à sa grand-mère. Pourtant il restait à peine un mois avant les grandes vacances au Petit-Fort. Elle serra très fort l'épingle. Elle sentit que les pointes étaient vraiment pointues. Il vaudrait mieux ne pas la laisser dans sa poche. Elle risquerait d'y faire un trou. « Bah, ce n'est pas grave », se dit la gamine.

* *
*

La semaine d'après, une jeune troupe de comédiens de la région devait jouer à Hautmont une pièce intitulée « *Gringoire* » en guise de répétition générale pour le festival d'Avignon qu'un certain Jean Vilar avait créé en 1947.

Miette avait vu les affiches dans la ville et même dans les couloirs de l'externat du Sacré-Cœur et elle brûlait d'envie d'y assister. Antoinette lui avait déjà dit « non » parce qu'il était hors de question d'aller au théâtre un samedi soir à la Cité des Jeunes.

Pourtant, en sortant de l'école quelques jours avant la représentation, l'enfant revint à la charge sans prendre le temps d'aller poser son cartable dans la cuisine. Sa mère, occupée à servir, lui répondit :

— Mais enfin, Miette, tu oublies que ton père se lève à 2 heures du matin le samedi ? Alors, forcément, le soir il ne tient plus debout. Et comme tu ne peux pas y aller toute seule au théâtre, c'est non !

Une cliente qui avait assisté malgré elle à la conversation, intervint :

— Vous savez, je suis la mère d'une des comédiennes de la troupe qui organise la soirée et je n'habite pas très loin. Je vais vous l'envoyer.

Vous verrez avec elle si ça ne serait pas possible, des fois…

Un quart d'heure après, Miette reconnut la jeune fille qui se présenta. Anna Duthoit venait acheter le pain pour sa mère le jeudi et la fillette l'avait servie quelquefois.

— Si vous voulez, madame, je pourrai venir chercher votre fille et vous la ramener. Il faudra juste qu'elle soit prête à 19 heures parce que je dois me costumer et me grimer avant le spectacle. Et il sera plus de minuit sûrement quand je vous la ramènerai parce qu'il faudra que je me démaquille et que je remette mes vrais vêtements après la représentation…

Miette explosa de joie. Elle aurait bien embrassé la comédienne mais elle n'osa pas. D'autant plus que sa mère n'avait pas encore répondu.

Elle eut finalement la permission.

Le soir attendu arriva. Anna Duthoit vint la chercher comme convenu. Miette monta avec plaisir dans la voiture que conduisait le fiancé de la jeune fille. Elle entra donc comme une princesse dans l'enceinte de la Cité des Jeunes, cette belle bâtisse construite il y avait bien longtemps par des moines, et que la mairie avait reconvertie en Centre Culturel.

Elle s'assit dans un fauteuil au troisième rang avec la consigne de ne pas bouger de là jusqu'à la fin du spectacle. Elle eut tout loisir de regarder les gens entrer. On aurait dit qu'ils portaient leurs beaux vêtements du dimanche. Alors elle réalisa qu'elle avait gardé la même robe modeste. Tout juste avait-elle enlevé son tablier d'écolière. Avant de partir, sa mère lui avait tendu son chandail rouge en disant seulement : « Il fera frais cette nuit, tiens, prends ça. »

Pendant les deux heures du spectacle, la fillette ne broncha pas. Même pendant l'entracte où les gens se dégourdirent les jambes et allèrent boire un verre. Très attentive à ce pauvre Gringoire, malheureux poète amoureux d'Esméralda et malmené par les gens d'armes autour de la cathédrale de Paris représentée en carton-pâte, elle se tourmenta comme lui. Elle vibra d'amour avec lui pour la belle bohémienne et, à la fin, quand on l'emmena pour être pendue, elle ne put empêcher ses larmes de couler.

Elle avait déjà participé à des représentations de fin d'année où les enfants déguisés en lapins ou en roses chantaient faux de tout leur cœur, mais cette fois c'était comme si c'était vrai ce qu'elle venait de voir et d'entendre. Elle était chavirée jusqu'au fin fond d'elle-même. Toute à l'histoire encore, elle n'arriva même pas à applaudir à la fin. Pourquoi Gringoire devait-il mourir aussi, lui qui écrivait de si beaux poèmes ? Et qui ne faisait de mal à personne ? C'était trop injuste…

Elle ne prit pas garde aux gens qui peu à peu sortaient en parlant fort. Mais bientôt, à l'exception de la lampe placée au-dessus de la porte d'entrée, les lumières s'éteignirent une à une et elle se rendit compte enfin qu'elle était seule au milieu de la salle de spectacle. Mademoiselle Duthoit ne lui avait-elle pas dit qu'elle devait rester à sa place et qu'elle viendrait la chercher ?

D'abord elle ne se fit pas de souci parce que Gringoire occupait encore son esprit. Mais quand la lampe de la porte s'éteignit à son tour, elle prit peur. Elle se leva d'un bond pour courir vers la clarté du couloir. Un homme occupé à pousser les battants de l'entrée principale sursauta.

— D'où tu sors ? Qu'est-ce que tu fais là, toi ?

— J'attends mademoiselle Duthoit.

— Celle qui joue le rôle d'Esméralda ?

— Oui.

— Eh, bien je te conseille de courir, elle vient de sortir avec toute la troupe. Il y avait tellement de monde dans les loges qu'ils n'ont pas pu partir avant.

Miette était sciée. Clouée sur place. On l'avait oubliée ? Comment était-ce possible qu'une grande personne oublie de venir chercher un enfant ? Tout à coup, elle pensa à Martin et à

Mimi, obligés quelquefois d'attendre leur mère à l'école. Oui, mais, jamais ils n'étaient restés très longtemps. Jamais ils n'avaient été oubliés. C'était juste un retard. Tandis que là…

Machinalement, elle enfila son chandail pour avoir les mains libres et elle se résigna à sortir de la Cité des Jeunes. Derrière elle, le concierge verrouillait les cadenas.

— Tu veux que je téléphone à tes parents ?

— On n'a pas le téléphone, monsieur.

— Bon alors, dépêche-toi de rentrer.

La grand-place était déserte. L'horloge de l'église marquait presque une heure. Seigneur, que diraient ses parents ? Plus jamais ils ne la laisseraient aller au théâtre…

Elle courut le plus vite possible vers la rue de la gare. Ses pas résonnaient trop fort sur les pavés. Elle ralentit pour être plus discrète. Mais la lumière jaune des réverbères lui semblait lugubre et le ronronnement des hauts fourneaux troué par moments de bruits métalliques lui donnait la chair de poule. Alors elle longea les murs comme pour rentrer dedans et être invisible.

Des chats se faufilèrent juste comme elle arrivait à la boutique de la bijouterie la plus importante d'Hautmont. La façade, un peu en retrait de la rue, se tenait à l'abri d'arcades supportées par de gros piliers. Elle se colla contre la double vitrine pour laisser passer les bêtes. À ce moment précis, elle entendit que des gens marchaient dans sa direction. Instinctivement, le cœur battant, elle se dissimula derrière un des pilastres. Deux silhouettes d'homme s'approchèrent. Ils discutaient sans s'occuper de rien alentour.

Elle fut à deux doigts de se montrer et de leur demander de faire le chemin avec eux, mais leurs voix faisaient des trémolos comme celles des ivrognes qui ont trop bu. Et elle se souvint de ce que disait sa grand-mère : « Un homme saoul ne vaut pas mieux que cochon. Il ne sait plus ce qu'il fait ». Alors elle resta derrière le pilier et elle attendit que leurs pas s'estompent.

Elle compta jusque cent avant de passer la tête hors du renfoncement pour s'assurer qu'ils étaient loin.

Elle n'eut pas le temps de faire un pas. On l'agrippait par-derrière en tirant sur ses tresses. Elle hurla intérieurement sans qu'aucun son ne sorte de sa bouche.

— Il me semblait bien avoir vu un petit chaperon rouge se cacher par ici, chuchota quelqu'un contre sa nuque.

Le souffle de l'inconnu la paniqua au point de la paralyser. Non seulement elle ne pouvait pas parler, mais elle ne pouvait pas bouger. Comme l'agneau sous le regard du loup. Seul son cœur battait à éclater et dans ses oreilles le sang bruissait.

Des doigts lui caressèrent le visage avant de descendre le long du bras gauche tétanisé. D'une voix de serpent, l'inconnu dit :

— Laisse-toi faire petite, je ne te ferai pas de mal si tu ne bouges pas.

Ces paroles déclenchèrent en elle une révolte qui la fit enfin bouger.

Et dans le mouvement pour échapper à ce monstre qui la dégoûtait, elle sentit contre sa hanche droite l'épingle de Fanny restée dans la poche du gilet. Vivement elle l'attrapa et au moment où, sûr de la docilité de l'enfant, le type lui soulevait la jupe en baissant la tête, elle la lui enfonça au hasard dans le cou.

L'homme hurla. Il se releva en tirant plus fort sur les tresses.

Il reçut les pointes au niveau des yeux. Il lâcha prise dans un juron abominable pour porter les mains au visage.

Muette de terreur, Miette se sauva tout droit devant elle.

Elle entendait le monstre derrière elle qui braillait comme un damné :

— Je t'aurai, saleté, je t'aurai, je te ferai la peau…

Elle courait à perdre haleine, sans penser, sans même le vouloir, mue par l'instinct qui lui avait commandé de s'échapper.

Elle rattrapa bientôt les deux hommes saouls qui se retournèrent aux cris. Ils la virent. Ils virent aussi le sale type.

— Qu'est-ce que tu fous encore, l'arsouille ?

— Arrêtez cette gamine, elle m'a blessé.

— Non, sans blague ? Et qu'est-ce que tu lui as fait ?

— Rien. Je voulais juste l'embrasser.

— C'est ça, dit l'un, tandis que l'autre ajoutait pour Miette qui les dépassait :

— Cours petite, cours, on s'occupe de ce malfaisant.

Hors d'haleine, l'enfant se tenait la poitrine pour essayer de contenir le point de côté qui lui faisait mal à crier. Elle entendit sans vraiment l'entendre une dispute qui tournait en rixe entre les trois hommes. Elle n'avait qu'une idée en tête : arriver chez elle le plus vite possible. Elle avait traversé la Sambre sans la regarder et elle espérait que le passage à niveau serait ouvert. Elle eut cette chance : les barrières se fermèrent derrière elle. Alors, sûre que le monstre ne pourrait plus la rattraper, elle prit le temps de respirer un peu avant d'attaquer la côte qui montait jusque sa rue. Un aboiement de chien la remit en route.

Elle arriva chez elle, tremblante, en nage, hors d'elle. Au premier coup sur la porte, Antoinette lui ouvrit tout de suite comme si elle avait guetté derrière.

— Elle est déjà partie, mademoiselle Duthoit ? Mon Dieu, Miette, qu'est-ce qui s'est passé ?

La fillette s'abattit dans les bras de sa mère et elle pleura longtemps avant de pouvoir expliquer.

Antoinette frémit au récit. Elle se contenta de dire : « Heureusement que ta grand-mère a perdu cette épingle… » puis elle aida sa fille à enfiler son pyjama. Elle se promit d'aller tantôt trouver la jeune écervelée qui avait oublié sa fille et de lui sonner les cloches.

Miette eut beaucoup de mal à s'endormir.

Mais, curieusement, elle ne fit pas de cauchemars. Au contraire, elle rêva de Fanny à qui elle rendait l'épingle en disant :

— Tu sais, grand-mère, elle m'a sauvé la vie.

— Alors, dans ce cas, garde-la. Je te la donne. Elle te protégera.

— Ah, merci, mémère.

Et l'enfant ajouta à haute voix :

— Je t'aime, mémère. Je t'aime très fort.

# Table des matières

Imprimé en U.E.
Dépôt légal : juillet 2021
ISBN : 978-2-8129-2904-5
ISSN : 1627-6779

www.deboree.com
livres@centrefrance.com